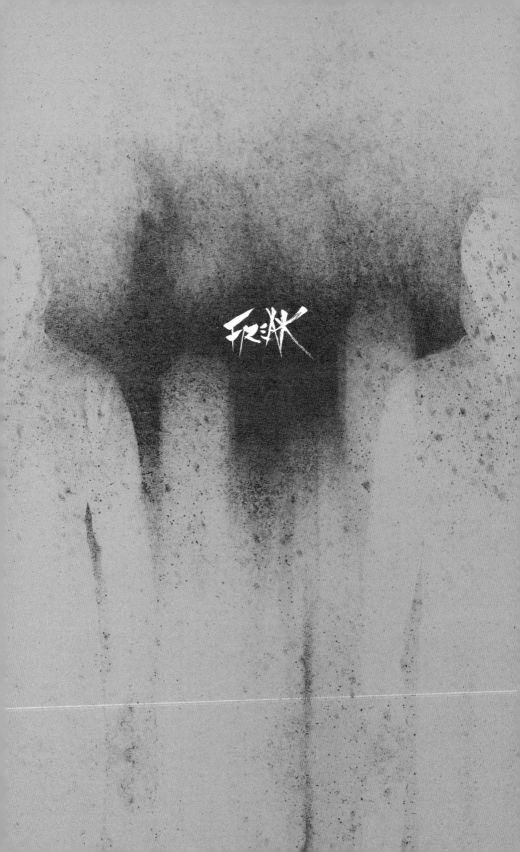

FREAK

Story 신진우 × 홍순식 Art

차
례

Episode 9. The Terror Live Show
『HERO』 07

Episode 10. War against the crime 126

작가의 말 304

...

아내분 말씀대로 PTSD, 외상 후 스트레스 장애 증상이 맞는 것 같네요.

전쟁이나 사고, 자연재해뿐만 아니라 선생님처럼 폭력 사태를 경험한 분들도 PTSD 증상을 많이 호소합니다.

당시에 겪은 공포와 충격, 분노, 좌절감 때문이죠.

환자 대부분이 불면증과 함께 그 당시 겪은 사건을 반복해서 겪는 악몽을 많이 꿉니다. 또 감정적으로 죄책감, 수치심을 느끼고, 심하면 공황 발작이나 착각, 환각을 경험할 수도 있습니다. 그 외 동반되는 연관 증상으로는

공격적 성향과 충동 조절 장애, 우울증, 약물 남용 등이 나타날 수 있죠.

일단 약물 치료와 함께 한 달 정도 정신 치료 요법 받아보시죠.

......

JUSTICE
정의란 무엇인가

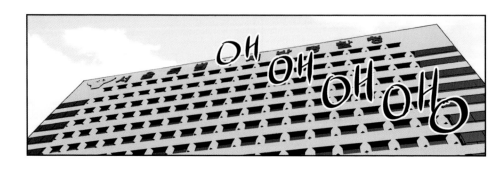

삐요
삐요

애
애애

오늘 오전 10시경 서울지방경찰청 건물에 폭탄 테러를 하겠다는 협박 전화가 걸려 와 소방차 여덟 대와 경찰특공대, 폭탄 처리반 등이 출동하는 사건이 발생했습니다.

이들은 현재 직원들을 모두 대피시킨 후 현장을 통제한 채 수색 작업을 벌이고 있으며,

아직까지 발견된 폭발물은 없는 것으로 파악되고 있습니다.

...

9

MC분들 내일 스케줄 이상 없죠?

예. 매니저들한테 확인 전화 다 돌렸습니다.

회의실

저기, 박 PD님.

그런데 이 재연 배우는 누구예요?

이름: 한희
출생: 1988년 4월 3
신체: 170cm, 48k

처음 보는 얼굴인데요. 누가 섭외했는지 모르겠네요.

새 프로에 이 친구 좀 넣어봐. 괜찮은 애야.

흠 흠

그건 조연출이 신경 쓸 사항 아니니까 관심 끄고.

…

그럼 MC와 배우 모두 스탠바이 됐고. 다른 문제는 없죠?

자, 내일 드디어 첫 촬영입니다. 그동안 기획안 짜느라 고생들 많으셨고요.

마지막으로 제가 한 마디 하겠습니다.

사실 지금까지 우리 팀이 기획해서 만든 작품들이 다 죽을 쒔죠. 국장님께서 걱정이 대단하시더라고요.

그래서 말인데… 이번 프로, 시청률이 일정 선 넘지 못하면 조기 강판 당할 수 있다고 국장님께서 경고하셨습니다.

지금까진 쉴드를 쳐주셨지만 이번만큼은 힘들다고 하시네요.

뭐, 그렇다고 울상을 지을 필요는 없다고 봅니다. 잘하면 되니까.

개인적으로 이번 프로 대박 날 거라 믿습니다.

아이디어가 워낙 좋잖아요? 안 그래요?

자, 마지막으로 파이팅 한번 합시다.

SKBC CATV
The Terror Live Show 「HERO」
방송 기획안
대한민국의 진정한 영웅 찾기!!

시청률 대박을 위해!
자, 파이팅~!!

야, 좀비.

온갖 잡것들이 수화기 들고 지랄 염병을 해댔을 텐데 어떻게 폭탄 협박범 지문만 채취하냐고. 그게 말이 돼?

일단 채취해서 줘. 조회는 우리가 할 텐데, 왜 그렇게 화를 내냐?

협박범이 장갑 끼고 전화했으면 어쩌려고? 응?

박 선배.

저기.

오케이.
저 CCTV부터
확인해보자고.

저벅

저벅

야! 너희들, 지금 교실에서 뭐 하는 짓이야!

보면 몰라요?

교실에서 담배 피고 있잖아요. 눈은 액세서리로 달고 계신가? 쳇.

!!

크크크!

야. 그래도 선생인데 말버릇이 그게 뭐냐?

선생이면 공부만 가르치면 되지, 남이사 담배를 피던 말던 뭔 상관이냐고.

너, 이 자식…!

버르장머리
없는 자식!
담배 당장
안 버려!!

버리기 싫다면?

이 새끼가
진짜…!!

개새끼들, 아무리 선생이 우습게 보여도 그렇지, 교실 안에서 감히 담배를 펴!

너두 당장 안 꺼!?

끄고 있슴다. 샘.

에이. 씨발 진짜.

뭐!?

선생이면 다야?

죽어, 죽어!

야, 그러다가 선생님 죽이겠다. 그만해!

뭐?

재연 배우라니…
이제 와서 뭔 소리야?
오빠.

드라마 조연 준대매?
말이 다르잖아.

아, 몰라. 난 재연 배우
하기 싫어.
무조건 드라마 할래.

그리고 아파트 빨리 바꿔줘.
그 앞집 살인 사건 때문에
여기 있기 무섭단 말이야.
그 기집애 귀신 봤다는
사람도 있어.

오빠.
빨리 좀…!

여보세요…?
어…?

야!

아놔, 돼지 새끼.
그냥 끊어버렸네…

17

CCTV통합관제센터

협박 전화가 온 시각이
오전 10시라고 하셨죠?

예, 정확히
10시 3분에 와서
2분 후에
끊어졌어요.

오전 10시 3분이라,
어디 보자…

일단 10시 2분으로
돌려볼게요.

써이잉

저 녀석인가…?

시간 보니 얼추 맞는 것 같은데.

얼굴 확인은 좀 힘들겠는데.

죄송하지만 앞으로 좀 돌려주시죠.

예.

헐. 파이팅까지 외치네요? 진짜 깬다. 크크.

이 인간, 우리 엿 먹이니까 완전히 통쾌한가 보네.

하지만 자신의 모습이 이렇게 찍혔을 줄은 꿈에도 몰랐겠죠. 크크.

처음 주차할 때로 돌아가보죠.

네.

여기서 번호판 안 나오면 말짱 황이니까. 번호판 잘 봐.

지이잉

스톱!

12누 6…37…4 맞지?
반장님한테 연락해.

예.

그래.
기다리고 있었네.

12누에 6374?

어디서나민원처리가 가능한 민원...
민원처리결과에서 수령물을 열람...

● 자동차 정보

· 자동차등록번호＊　12누6374　＊ 빈칸 없이 입력해주세...

● 소유자 정보

· 성명(명칭)＊

타타다

타악

차량 소유주는 김기준.
나이는 48세.

거주지는 강서구 화곡4동. 문자로 주소 보낼 테니까 그쪽으로 이동하게.

운전 면허증 사진도 구하는 대로 전파하지.

네. 알겠습니다. 수고하십시오.

아무리 교권이 추락했다고 해도 이건 너무 심한 거 아닙니까?

지글

지글

학생이 선생님을 이렇게 구타하는 걸 용납해선 절대 안 된다고 봅니다.

참는 것도 한도가 있죠.

맞습니다. 적절한 처벌이
뒤따라야 학교 기강이 바로 서죠.
안 그러면 애들이 선생님을
더 우습게 봅니다.

주임 선생님. 문성이 그놈,
한두 번도 아니고 이번 일
그냥 넘어갈 순 없는 거
아니겠습니까?
뭔가 조치를 취해야죠.

글쎄요.

뚝

무슨 말씀인지는 잘 알겠습니다만,
문성이 개가 학교 재단 이사장님
조카분 아닙니까.

후우

좋은 게 좋은 거라고…
그냥 넘어갑시다. 허허.

고 선생.

기분 더럽겠지만 사회생활하다 보면
이런 일도 겪는 법입니다.

똥 밟았다고
생각하고
잊어버리세요.

자. 내 잔 받아요.

정원갈비

정원갈비

자,
먼저 들어갑니다.
내일 봅시다.

예. 내일
뵙겠습니다.

부아앙

틱

씨발.

24

저 주임 새끼는 만날 재단 이사장 똥꼬만 핥아대네. 혀 닳겠다, 닳겠어.

갑자기 '괴물 안 되려고 발악하다 보니 어느새 고물이 되어 있더라'는 말이 생각나네.

그 똥구멍에서 꿀이 엄청 나오잖아. 씨발. 나도 저런 꼰대로 늙을까 무섭다.

허허. 그것도 무섭네.

괴물이 될 것이냐, 아니면 고물이 될 것이냐.

햄릿도 아닌데, 내가 왜 이런 고민을 해야 되는지 모르겠다. 니미.

크크크.

우리네 인생살이가 원래 그런 것 같아.

뭐가?

불의를 보고 분노하다가 외면하고, 침묵하다가 타협하고…

크크!

하하!

푸하하!

그러다 보면 어느새 그렇고 그런 꼰대가 되어 있겠지.

학생주임이 죽도록 싫어도 그게 미래의 우리 모습 일지도 몰라.

그래서 더 증오하는 건지도…

에혀. 좆같은 세상. 한잔 더 먹자. 오늘만큼은 알콜로 이성을 마비시켜야겠어!

콜! 2차는 내가 사지!

전 먼저 들어가 보겠습니다.

집이 멀어서.

아, 그래요. 고 선생, 내일 봅시다.

네.

박 PD님. 벌써 11시 넘었는데 퇴근 안 하세요?

아, 지영 씨.

콘티 좀 보다가 여기서 눈 붙이고 바로 현장 나가려고.

많이 피곤하시겠다.

이 생활이 다 그렇지 뭐. 지영 씨야말로 지금 퇴근해서 새벽 5시까지 현장 나오려면 몇 시간 못 자겠네.

호호. 그러게요.

그래요. 빨리 들어가요.
내일 아침에 봅시다.

예. 다섯 시간 후에
뵐게요.

용의자,
집에 없어?

알겠습니다, 반장님.
나중에 또 전화
드리겠습니다.

예, 아직 귀가
전인가 봅니다.

반장님이 용의자 김기준에 대해 조회를 해봤는데…

이 양반이 한 달 전쯤 음주 운전을 하다가 단속에 걸렸는데, 오히려 단속 나온 경찰을 두드려 팼다는군.

헐~

이 때문에 공무집행방해 및 상해 등의 혐의로 조사를 받고 벌금 600만 원과 함께 면허 취소를 당했대.

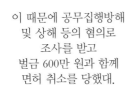

직장은?

이미 퇴근했대. 집에 오고 있는 중이겠지 뭐.

올 때까지 잠복해야겠네요.

아무래도 이 결과에 앙심을 품고 경찰청에 협박 전화를 한 게 아닐까 싶네.

아놔~! 또라이 하나 땜에 퇴근 또 못 하네. 이러다 여친 도망가는 거 아닌가 몰라. 젠장.

덕우, 니가 여친이 있다고? 지랄. 이게 어디서 유언비어를 유포하고 난리야…

헐, 저 여친 있거든요!? 월급 통장 걸고 내기하실래요? 콜?

29

even if you'd like to be.

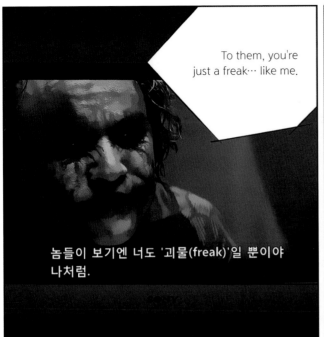

To them, you're just a freak··· like me.

놈들이 보기엔 너도 '괴물(freak)'일 뿐이야 나처럼.

흑흑~ 흑~

엄마, 나 미치겠어. 죽고 싶단 말이야. 흑흑.

지연아, 그러지 마, 제발 진정해. 응?

살금
살금

오늘은 일단 자고 내일 아침에 아빠랑 같이 이야기하자. 알았지?

?

안 자?

예. 잠이
안 와서요.

심심하지 않아?
이럴 때 스마트폰
있으면 그나마
나은데 말이야.

그러게요.
인터넷도 검색되고.

말 나온 김에

요즘 누가
그런 구닥다리
폰을 쓰나.

정 뭐하면
내가 하나 사줄게.
아는 후배 놈이
핸드폰 장사
하거든.

스마트폰으로
바꾸지그래?

반장님도
그런 건 안 써.

아뇨.
괜찮습니다.
아직
쓸 만한데요,
뭐.

거참, 가만 보면
쓸데없는 거에
고집을 부리네.
구세대처럼.

그 핸드폰에
무슨 사연이라도
있는 거야?

실은…

아내가 선물해준
거라서요…

아, 이런…
내가 실수를 했네.

그런 것도 모르고 난…

박 선배.

저 사람,
김기준
같은데요?

김기준 씨?

경찰입니다.

당신을 협박 및
공무집행방해 혐의로
긴급체포합니다.

이게 시방
뭔 소리요?

PD님.

아, 지영 씨.
일찍 왔네.

여기 재연 배우분들
오셨어요.

아, 일찍들 나오셨네요.

이번 프로그램 맡은 박진혁 PD입니다. 반갑습니다.

안녕하세요. 치한 역할을 맡은 유민우입니다. 잘 부탁드립니다, 감독님.

치한 역 맡기에는 너무 선하게 잘생기신 것 같은데요? 이거 정의의 사도 역할을 급조해야 되나? 하하.

아휴~ 아닙니다. 악역이지만 최선을 다해 열심히 하겠습니다.

그래요. 이쪽 일 하다 보면 본의 아니게 악역을 맡을 때도 있는 법입니다.

사람이 죄를 짓고는 못 산다고 하지만, 이건 연기니까… 확실하게 부탁드립니다.

예. 몸 사리지 않고 확실하게 하겠습니다.

안녕하세요, 감독님.

피해자 역할 맡은 한희라고 합니다.

안 국장님 아시죠? 그분 추천으로 왔어요~

아, 네.

지영 씨, MC분들 올 때까지 이분들이랑 리허설 좀 부탁해요.

?

자, 다들 빨리빨리 촬영 준비 합시다.

난 카메라 세팅 확인해야 되니까.

예, 알겠습니다. 감독님.

뭐야… 완전 무시하네.

형사님들, 대체 내가 뭔 협박을 하고 공무를 방해했다고 이라요?

내사마 자세한 이유 좀 알고 갑시다. 네?

어제 아침에 아저씨가 협박 전화 했잖습니까. 경찰청 폭파시키겠다고요.

목소리도 똑같구만, 뭐.

뭐라꼬? 내가 협박 전화를 했다고?

이 사람아. 아무리 경찰이래도 그렇지, 함부로 누명 씌우면 안 된다. 안 글나?

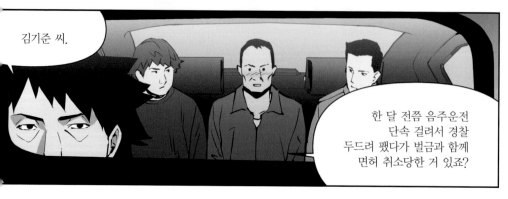

김기준 씨.

한 달 전쯤 음주운전 단속 걸려서 경찰 두드려 팼다가 벌금과 함께 면허 취소당한 거 있죠?

그것 때문에 앙심 품고
협박 전화 한 거잖아요.
다 알고 왔어요.

저기, 형사님.
그게 말입니다…

늦었지만 까놓고
말씀드릴 게
있습니다.

지한테 김기훈이라고
쌍둥이 동생 놈이 하나 있는데예.

저번에 음주
운전하다가 걸린 게
바로 그놈아입니더.

그 자슥이 제 이름
사칭해서 제 면허가
취소됐다 아입니꺼.

안 그래도 그 문제
때문에 속상해서
그놈아하고 대판
싸웠습니다.

끼이익

동생분이 신분 사칭한 거
사실이에요?

예. 참말입니더.
믿어주이소.

참 나,
우리 밤새도록
삽질한 셈이네.
어이없다.

동생분 지금
어디 있어요?

구로구 쪽에 방 얻어서
혼자 살고 있심더.

얼굴은 왜 그래요?

응?

아. 어제 술먹고
좀 넘어졌어.

병원엔
안 가봐도 돼요?

괜찮아
별거 아냐.

그건 그렇고,

지연이한테 뭔 일 있어?

멈
칫

밤새도록 울던데.

들었어요…?

…

저기…

지연이가
아는 오빠한테
성추행을 당했대요.

독서실 화장실로
데리고 가서 가슴과
엉덩이를 만졌다고…

이걸 그냥~!

여, 여보!!

진정하세요,
여보!

지연아!

어떤 개새끼야!
말해, 어서
말하라고!!

아, 아빠, 무서워.
그런 표정 짓지 마…

어떤 새끼인지
말이나 해!!

이곳은 몇 달 전 조선족 여성 김 모 씨가 조커 분장을 한 괴한들에 의해 성폭행을 당한 후 잔인하게 살해된, 바로 그 현장입니다.

언제 어디서 벌어질지 모르는 공포! 성폭행!

2014년 현재 대한민국에선 25분마다 한 번씩 성 관련 범죄가 발생하고 있다는 사실 알고 계십니까?

만약 당신의 눈앞에서 이런 충격적인 성폭행 사건이 벌어진다면!

과연 당신은 어떻게 행동하시겠습니까?

배트맨 같은 영웅이 되겠습니까? 아니면 불의를 외면하겠습니까?

영웅,
도와주세요~!

과연 여자를 도와줄
영웅이 우리 앞에
나타날까요?

우리 사회에
숨어 있는 '영웅'을
찾아 박찬열·이유라가
출동합니다!

리얼 100%
깜짝 실험
카메라!

매주 수요일 밤 10시 55분,
대한민국의 진정한 영웅 찾기
프로젝트.

'더 테러 라이브쇼
히어로'!

지금 시작합니다!

오케이!

재연 배우분들,
밖으로 나오세요.

예.

자, 무선 이어폰
귀에 꽂으시고요.

지금부터 시민들 지나갈 때마다
제가 큐를 드릴게요. 그럼 대본대로
성추행 연기하시면 됩니다.
아셨죠?

예.

카메라 위치들
한 번씩 다시
확인해주시고요.

자, 그럼
촬영 갑니다.

두 분 수고해주세요.

…

저, 저기…

?

유민우입니다. 잘 부탁드립니다.

아, 네. 저도…

아무도 안 계십니까?

김기훈 씨. 안 계세요?

탕 탕

집 안에 아무도 없는 것 같습니다.

김기훈 씨.

그래, 알았어.

김기준 씨, 동생분
갈 만한 데 몰라요?

그, 글쎄요.

MINI 25

어서 오세요.

?

니가
박상길이지?

예? 그런데요?
누구세요?

이 새끼! 네놈이 감히 우리 딸을 성추행해…!!

너 같은 녀석은 콩밥을 먹어봐야 정신을 차려. 당장 경찰서 가자!

나와! 나오라고! 이 자식아!

이거 안 놔!!

이거 놓으라고! 씨발, 경찰서 가자면 누가 무서워할 줄 알아?

뭐? 씨발?

그래, 씨발. 못생긴 년 엉덩이 좀 만졌다고 콩밥 먹냐? 진짜 콩밥 같은 소리 하고 있네.

이 자식이 진짜!

49

어이. 꼰대 아저씨.

다시는 훈계질
하지 마라.

진짜 짱돌로
찍어버리는
수가 있다.

뉴스에서 고등학생이
담배 피는 거 훈계하다가
맞아 죽은 거 봤지?

당신도 조심하라고.
알았어?

오늘은 내가 기분이 좋아서 이 정도로 봐준다.

네놈은 내가 반드시 죽여버린다. 반드시…!

아.주.머.니…!

저.좀.도.와.주.세.요.

아줌마, 뭘 봐요? 그냥 가요.

저 한희라는 분,
진짜 연기 못하네요.

대사 처리도 어색하고.

안 국장님이
왜 저런 애를
추천했는지 이해를
못 하겠네요…

후우

한희 씨. 지금 대사 처리나
연기가 너무
부자연스럽잖아요.
자연스럽게 안 됩니까?

죄송합니다…

유민우 씨도 좀
과감하게
행동하세요.

맡은 역할이
성폭행하는 변태남인데,
지금 카메라에 잡히는
모습은 너무 수동적이고
애매모호합니다.

과감하게 한희 씨를
리드할 필요가 있어요.
시민분들 지나갈 때
한희 씨한테 과격하게
액션을 취하세요.

변태답게 가슴을
우악스럽게 움켜쥔다든가,
치마 속에 손을
집어넣는 척한다든가…

시민들한테도
좀 위협적으로
대하고요.
무슨 말인지 알죠?

그래야 한희 씨한테
리얼한 연기가
나올 것 같네요.

예, 알겠습니다.

그리고 한희 씨는 한쪽 어깨
노출 좀 해주시고. 치마 한쪽을
길게 찢어보세요.

찌이익

차이니즈 치마처럼
좀 야하게 보이도록요.
좋습니다.

자, 과감하게 갑시다.
과감하게.

저, 감독님.

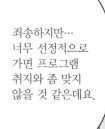

죄송하지만…
너무 선정적으로
가면 프로그램
취지와 좀 맞지
않을 것 같은데요.

그건 나중에 생각하고,
일단 이대로 가봅시다.

53

아저씨,
여기 칼 팔아요?

아침부터
무슨 일로
칼을 찾…?

수고하십니다. 경찰인데 잠시 협조 부탁드립니다.

혹시 김기훈이라는 손님이 맡겨놓은 세탁물이 있는지 확인 가능할까요?

그분 전화번호가 어떻게 되죠?

010-2371-394X 입니다.

타 딱

어디 보자… 공일공에 이삼칠하나 삼구사…

까 딱

까 딱

비켜!

야! 길 중간에 서서 뭐 하는 거야!

이 길이 니 꺼야!?

뭐야, 저 인간. 미쳤나…?

아우~! 싸가지 없는 새끼들!

다 죽여버릴 거야! 이 씨발놈들!

그나저나 내 핸드폰, 약정도 안 끝났는데!

액정에 금이라도 갔으면 구속 수사할 테다! 제기랄!

그럼 수고하십쇼.

아놔~ 액정에 기스 났네. 젠장.

기스 난 걸로 구속시킬 수도 없고. 아우~ 짜증 나네.

이덕우, 왜 그래?

액정에 기스 났는데두 미안하다는 소리는커녕 고래고래 소리만 지르고 가네요. 아우, 미친놈

아, 가만히 서 있는데, 어떤 미친 인간이 갑자기 밀어서 핸드폰 떨어뜨렸거든요.

뒷모습이 낯익은데…

누구지…?

세탁소에선 뭐래요?

아. 김기훈 이름으로 찾아보니까 맡겨놓은 세탁물이 있네. 일주일 정도 지났으니 조만간 찾아갈 확률이 높아.

일단 차로 돌아가서 잠복하자.

넵.

…

뭐 이딴 컨셉으로 몰카를
찍습니까!
내가 지금 얼마나
불쾌하고 놀랐는지
알기나 해요?

정말 죄송합니다.

아오, 진짜
열 받네.

많이 힘드시죠?
감독님.

그러게. 이거
그림 참
안 나오네.

헹인도
재연 배우 써서
가라로
만들어야
하나…

딱 한 번만 더 해보고,
안 되면 그렇게 하죠.

감독님, 행인 한 명이 이쪽으로 오고 있답니다.

네. 고마워요.

자, 한희 씨.

유민우 씨.

지금 행인이 오고 있다니까, 마지막으로 딱 한 번만 제대로 가봅시다.

두 사람, 오케이?

예. 최선을 다하겠습니다.

자. 레디.

지금요.

액션.

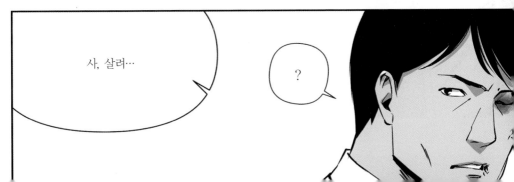

사, 살려…

?

뭐… 뭘 봐!
저리 안 가?

아, 아저씨.
살려 주세요…!

이, 이…!

야, 이
나쁜
자식아!

그 더러운 손
당장 안 치워!
이 변태 같은
새까…!

이번엔 그럼
제대로 나올 거
같은데요?

그러게.

유민우 씨, 한 번
더 자극적으로
도발해봅시다.

한희 씨
치마 속으로
손 거칠게
집어넣고요.

아악!!

그리고
지을 수 있는
최대한으로
야비한 표정
부탁합니다.

4번 카메라,
클로즈업.

좋아요. 유민우 씨.
야비한 표정
정말 좋습니다.

아저씨, 웃기지 말고 꺼져.

좋게 말로 할 때 꺼지라고~!

괜히 나서다 두드려 맞지 말고. 크크.

뭐라고! 이 새끼야!!

이 짐승만도 못한 개자식이 뭐가 어쩌고 어째!!

너 같은 인간쓰레기 때문에

이 대한민국이 개한민국이 되는 거야. 알어?

너 같은 인간 말종들은

차라리 죽는 게 이 나라를 위하는 길이라고!!

꺄아아아악~!

으아아악!!

사, 살려…줘!!

…!

한희 씨.

괜찮으세요?
어디 다친 곳은
없습니까?

그 사람,
정신병자일지도
모르니까 너무
겁내지 말고
살살 달래보세요.

이거 실제가 아니라
몰카 상황이라는 거
알면 완전히 미쳐서
달려들지도 몰라요.
알았죠?

예.
괜찮아요.

도, 도와줘서
정말 고마워요.

아저… 아니,
오빠.

다들 감독님 말씀 들었죠? 일단 스태프들도 접근하지 마세요.

경찰 불러야 하지 않나요?

아, 잠깐만 기다려봐요.

한희 씨가 저 미친놈한테 인질로 잡힐 수도 있으니까요.

띵 띵

뭐!?

그래. 알았어.

그럼 그 사이코 새끼는 아직 현장에 있는 상태야?

뭐, 한희가 잡혀 있다고?

죄, 죄송합니다…
국장님.
제 불찰입니다.

아냐, 아냐.

위기는
기회일 수 있어.

야, 박 PD.

그 살인 현장,
생방으로
한번 내보내
보자.

네?

속보! 충격적인
살인 현장을
라이브로
보여드립니다.

타
타
탁

이런 식으로
하단 카피 달고
나가면 시청률
제법 나올 것 같은데.
어때? 박 PD.

...

내 말 무슨 말인지 알지?
그놈 도망치지 못하게
현장 관리 잘하고 있어.

끼
약

곧바로 뉴스
내보낼 테니까.

하, 한희 씨는요?

달칵

갠 신경 쓰지 마.
거기서 죽으면
지 팔자지 뭐.

경찰한테는…
연락할까요?

미쳤어?
그건 특종 터트리고
나서 생각해보자고.

잠시만 기다려.

특종이다!
빨리 생방 준비해!

야, 보도국!

?

2번 카메라.
쓰러진 유민우씨
손 클로즈업
해보세요.

어머, 어떡해…!
감독님.

유민우 씨, 아직 살아 있는 것 같은데요.

뭐!? 진짜야?

저거 보세요. 손가락이 움직이잖아요.

지금이라도 경찰이랑 구급차 불러야 하는 거 아닌가요? 사람 먼저 살리고 봐야죠.

아, 씨발! 사람 미치게 만드네. 진짜.

잠깐만 기다려봐. 국장님한테 먼저 물어보고.

…

딱 딱

긴급 속보입니다. 현재 SKBC 방송국에서 제작 중인 모 프로그램 촬영 현장에 괴한이 난입해 촬영을 하고 있던 남자 배우를 칼로 찔러 살해하는 충격적인 사건이 발생했습니다.

속보] 방송 촬영현장에 괴한 난입

현재 괴한은 여배우를 인질로 잡은 채
현장에 머물고 있는 것으로 알려졌는데요.
지금부터 그 충격적인 살해 현장을
SKBC 단독 생중계로
보여드릴까 합니다.

잠시 전하는
광고 보시죠.

야, 야. 박 PD!
이 자식,
이거 진짜
답답하네!

너 시체팔이
한두 번 해봐?
응?

지금 그 사건, 속보로 보도하니까
시청률이 몇 % 오른 줄 알아?
그새 4%가 올랐어.

7.3%야, 7.3%!
이건 초대박감이라고!

어이, 박 PD.
좋은 패 들고
망설이지 마.

이건 일생에
한두 번 올까
말까 한 기회야.

내 말, 무슨 말인지 알겠지?

니가 하는 그 프로그램을
살리려면 그 사람이 죽어야 돼.

때

어떻게 하죠?

그냥 냅둬…

네?

저 사람이 죽어야 그림이 제대로 나와.

…

씨발! 저깟 재연 배우 목숨 하나가 뭐가 그렇게 중요해!

내

리

시청률이 더 중요하지! 안 그래!?

너희도 알잖아!
이번 프로 히트
못 치면 우리 다
모가지라는 거…

…

직장 잃기
싫으면, 내 꼴
보기 싫어도
그냥 입 닥치고
가만히 있어.

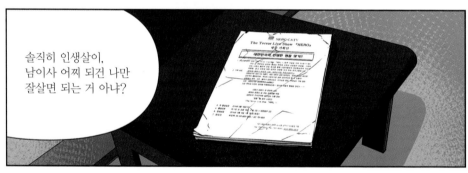

솔직히 인생살이,
남이사 어찌 되건 나만
잘살면 되는 거 아냐?

어…?

선배님. 이거
잠깐만 보시죠.

뭔데?

지금 케이블 방송에서
살인 사건 현장을
생중계하고 있는데요.

이 사람, 전에 조선족
여자 살인 사건 목격자잖아.
고상태 씨던가… 기억 안 나?

인질 잡고 있는 범인이
아까 세탁소 앞에서
절 밀친 인간 같아서요.

한번 보세요.
이 근처인 모양인데.

방송 촬영현장이

아! 맞다!

덜
덜
덜

이, 이제
어쩌죠?

...

어찌해야
될지 저도
고민 중입니다.

이런 개만도 못한
인간은 차라리 토막 내서
산에 버리는 게 어떨까요?

그리곤 함께
도망치는 거예요.
오빠.

그렇게 말하면서
살짝 다리나 가슴을
노출시키세요.
한희 씨.

저기…
감독님.

그런 말 하면
좀 그렇지
않을까요?

에이,
진짜!

오히려 부작용이
생길 거 같은데요.

야! 그럼 네가 한번 해봐. 해보라고!

조연출 이라는 게 대안도 없이 맨날 비판만 하니!

죄송합니다. 그냥 가만히 있을게요.

아오. 진짜 미치겠네!!

지금 뭔 소리를 하는 겁니까?

할 일이 하나 생각났어요.

그걸 끝내고 나면 경찰에 자수할 겁니다.

자수하면
안 되는데…
지금 시청률
몇 퍼센트래?

…8.4%요.

케이블 TV 역대
시청률 1위가
뭐지?

슈X케 시즌3가
18%로 알고
있습니다. 응X하X
1994가 10%를
좀 넘었고요.

적어도 1994는
이기고 난 후에
자수를 하면
좋을 텐데. 흐음.

…

이를 어쩐다…?

그래?

그럼 여긴 백 반장님하고 송 형한테 맡기고 내가 덕우한테 갈게.

자넨 일단 덕우한테 잠복 맡기고 그 현장으로 가봐.

타 타 타 타

그 죽은 배우 가족 인터뷰 따러 누가 갔니?

장태식 PD요.

OK!

야, 박 PD. 그 한희라는 아가씨한테 전해! 어떻게든 카메라 프레임 안에 가둬 놓으라고.

그리고 그놈이
누군지 족보
파악 좀 하라고
시켜봐.

속보] 흉악범 얼굴 공개

'흉악범'은
너무 평범
하잖아.
'사이코패스
살인마'라고
고쳐.

야.

사이코패스요?
아직 사이코패스인지
아닌지도 모르는데…

인마.
길 가다가 사람을
칼로 쑤시는 놈이
사이코패스지.
아니긴 뭐가 아냐?

어차피
시청자들은
우리 말 믿게
되어 있어.
내 말대로 가.

국장님!

지금 막
시청률 9%
넘었답니다!

그래?

최단 시간
역대 최고 시청률
입니다!
축하드립니다!!

신기록이네!
우하하!!

축하드려요!
국장님!

잠깐만.

아, 공 차장?

우리 대박 하나
터졌는데,
생명보험 광고
지금 들어오는 거
어때?
시청률 9%야!

아저씨가
뭔 권리로
길을 막냐고요!

죄송합니다.
요 밑에 비상사태가
벌어져서 통행을
막고 있는
중이거든요.

어이 어이,
아저씨,
이쪽으로 가면
안 된다니까요.

아, 지금 범인이
여배우랑 이야기
중이거든요.

경찰입니다.
지금 상황이
어떻습니까?

여배우요?

국장님

국장님
박 피디 ㅊㅋㅊㅋ
최단시간 역대 최고 시청률
달성! 대~박! 👍
오후 5:22

감사합니다. 모두 안국장
님의 가르침 덕

박 PD님…

진행팀에서 연락 왔는데,
형사분이 오셨다는데요?

죽었죠? 그놈.

그, 그런 것 같아요.
방금 전까진 움직였는데…

왜 울어요?

그, 그냥요.
이유 없이…
누, 눈물이
나오네요.

놀라서 그런 걸
거예요.

그런데…

이상하리만치
조용하네.

지나가는 사람 하나
없고… 뭔가 좀
이상하지 않아요?

그,
그러게요.

걸을 수 있겠어요?

네…

이젠 갑시다.

더 이상 기다릴 순
없어요.

…

나 어떡해? 증말…

뭐라고 말 좀 해줘요.

네? 그게
무슨 말이죠?

아… 아니에요.
가, 같이 가요.

?

귓속에…
그게 뭐죠?

네? 아, 아무것도
아니에요.

진짜예요!
호호.

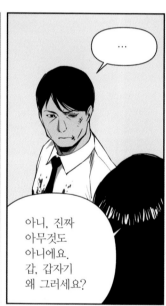
…

아니, 진짜
아무것도
아니에요.
갑, 갑자기
왜 그러세요?

잠깐만,
그대로
있어 봐요!

떡

썩

왜, 왜 이래요…!
어머! 꺄아악!!

털
썩

이걸 왜 끼고 있는 겁니까?

이유를 말해봐요.

이건 이어폰 같은데…

어서!!

시, 실은…

이거 몰래카메라예요. 저는 재연 배우고요.

뭐, 뭐라고…? 몰래카메라?

예. 저기···
빌라 옥상 위에
카메라 보이시죠?

?

박 PD님···
이제 나와서 대신
설명 좀 해주세요.

나 지금 가슴 떨려서
말을 못 하겠어.
제발요, 네?

잠깐만…

그럼 저기…
저 남자가 당신을
성추행한 게
아니라는 소리야?

네… 연기였어요.
성추행 연기.

지금 장난해… ?

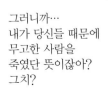

그러니까…
내가 당신들 때문에
무고한 사람을
죽였단 뜻이잖아?
그치?

내가 지금…
제대로 상황을
이해한 거
맞아?

날 데리고 완전히
놀았다는 거네.
응?

...

죄, 죄송해요…
이런 상황이
되리라곤
생각도 못 했…

감히!

이것들이…
감히
날 속여…?

일어나!

컥, 커헉!

다 나와!
이 개새끼들아!
이 여자
죽여버리기 전에
어서!

사, 살려 주세요…

굿~!

감독님···
이제 어떻게 하죠?

그, 글쎄.
생각 좀 해보고···

아니··· 차라리
안 국장님한테
물어보는 게
나으려나···

어서 안 나와!!

씨발··· 진짜
어떻게 하지···?

꺄악! 박 PD님.
저 좀 살려
주세요···!

이 사건은 이미
여러분 손을
떠난 것 같네요.

이젠 경찰이
나설 차례
같습니다.

그, 그렇게 해주시면 저희야 고맙죠.

위험하니까 스태프분들은 물러나라고 전해주세요. 지금부턴 제가 맡겠습니다.

네. 알겠습니다.

지금 시청률 몇 퍼센트?

...

11.8%요.

응X하X 1994는 잡았네요 축하드려요.

응X하X 1994 잡았다고? 아싸~!

나이스!!

이보세요.

끼이이익

당신들 과실로 무고한 사람이 죽었는데, '앗싸'라는 말이 입에서 나옵니까?

부끄러운 줄 아십시오.

당신들 과실에 대해서는 분명 책임져야 할 부분이 있을 겁니다.

책임져야 할 부분요…? 그게 뭔 소리입니까?

우린 그저 위에서 시키는 대로 했을 뿐 이라고요!

이 자식들아, 책임자 빨리 나오라고 그래! 안 나오면 진짜 이 여자 죽여 버릴 거야!

하나 죽였는데 둘 못 죽일 거 같아!? 응?

아악, 아저씨! 제발, 제발 진정하세요!!

?

고상태 씨?

다, 당신은…?

저번에 한 번 뵈었죠?
서울지방경찰청
강력계 김준입니다

아, 지금 막 현장에서 들어온 속보인데요.

The Terro

인질범에게 누군가 다가서고 있는 모습 보이시죠? 서울경찰청 강력계 형사라고 합니다.

과연 경찰이 저 인질을 무사히 구출할 수 있을지 귀추가 주목되는 바입니다.

저희 SKBC 뉴스에서는 인질이 무사히 구출되는 그 순간까지 현장을 생중계해드릴까 합니다.

속보] 사이코패스 인질범에게 접근 중인 형사!

끝까지 지켜봐주십시오. 잠시 전하는 광고 후에 뵙겠습니다.

저런 새끼는 그냥 쏴 죽여버리면 안 되나?

맞아요. 왜 저런 흉악범들한테까지 인권 운운하나 몰라.

사이코패스 인질범에게 접근

…

지금이라도
늦지
않았습니다.

그 여자분
풀어주시죠.

안 돼… 그럴 순 없어.

죽여야 할 놈이 하나 더 있거든.

내 딸아이를 성추행한 그 개새끼…

목소리가 잘 안 들리는데? 한희 씨 마이크 볼륨 좀 높여봐.

그 새끼는 꼭 죽여 버리고… 나도 죽을 거야.

웃기지 마! 너희 경찰들을 어떻게 믿어!

그럴 순 없습니다.

따님을 성추행했다는 그 용의자는 철저한 조사 후에 법에 의해 심판받을 겁니다.

그러니 지금이라도 흉기 내려놓으시죠. 어느 정도 참작이 될 겁니다. 어서요.

정작 법의 보호를 받아야 할
사회적 약자들은 철저하게
외면당하고 있는 게
이 좆같은 대한민국의
현실이잖아!

법과 정의를 수호한다는
새끼들이 만날
권력의 시녀 노릇이나 하고.

약자를 보호하지도 못하는
공권력을 나보고 지금
믿으라는 거야! 응?

저도 고상태 씨의
말씀에 어느 정도
공감은 합니다…

대중에 보여지는
경찰의 모습은
무능하기 짝이 없죠.

압니다. 그렇기 때문에
저희 역시 기를 쓰고 범인들을
검거하기 위해 노력하고 있습니다.
그래도 인간이 하는 일이라 한계가
있을 수밖에 없는 게 현실이죠.

5번 카메라,
형사분 얼굴 클로즈업
들어가세요.

하지만 그렇다고 해서
무능한 공권력을 핑계로
지금 당신이 한 행동에
면죄부를 줄 순 없습니다.

의도야 어찌 됐든,
어떠한 경우라도
폭력 행사는 정당화될 수
없습니다. 대한민국이
법치국가이기
때문이죠.

범죄에 대한 처벌은
반드시 법과 원칙의
테두리 안에서
이뤄져야 합니다.

아무리 정의의 이름으로
행하여진다 한들 지금 당신의
행동은 따님이 당한 성추행보다
조금도 덜하지 않은 야만이자
폭력일 뿐입니다.

뭐, 인마!
다시 말해봐!
뭐, 야만?
폭력…?

웃기지 마!
이 개자식아!
복수는
나의 권리야!

방해하면
너도 죽여버리겠어!
이건 위협 아니야,
진짜야!

...

고개
숙이세요.

고상태 씨.
당신을 살인 등의 혐의로
긴급체포합니다.

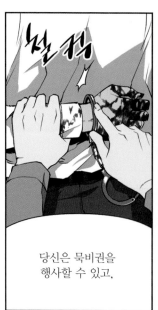

변호사를 선임할 수 있습니다.

당신은 묵비권을 행사할 수 있고,

또 당신이 한 발언은 법정에서 불리하게 사용될 수 있습니다.

내 말 이해하시겠습니까?

지금 보셨습니까? 여러분!

방금 형사가 눈 깜짝할 사이에 인질범을 제압 했습니다!

이야, 정말 멋지네요!!

마치 액션 영화의 한 장면을 보는 것 같군요!

정말이지
너무나 자랑스러운
대한민국 경찰의
모습이 아닌가
싶습니다!

자, 그 늠름한
경찰의 얼굴을
SKBC가 생중계로
공개합니다!

서울일보

"아찔한 순간, 여성인질 구한 미남경찰영웅!!"

"케이블TV 선정성 넘어 도덕성 논란"

케이블TV 프로그램의 선정성과 도덕성 시비가 개선의
여지없이 논란만 더해가고 있다.

최근 케이블TV의 도덕성과 선정성
만을 탓할 수 없다는 점에서 과거와
SKBC의 〈The Terror Live Show 'F
지만, 케이블TV 오락프로그램 시청
에도 같은 형식의 방송을 계속할 거

한편 인질로 잡혀있던 여성 출연
사실이 공개되면서, 그녀의 모델 시절 사진까지 공개되며 인권침해
혐의마저 있고 있다. 이처럼 '표현의 자유'를 넘어 도덕성 논란으로
번져가는 사태를 제작진이 묵과하는 이유는 케이블TV 시청률 경
때문이라는 분석이다. 바른방송연대의 배민기 대표는 "지상파 방
대결하기 위해 케이블TV는 논란 마케팅을 택했다"며 "앞으로 방
업자들 간의 경쟁구도가 심화될수록 선정성이나 도덕성 논란으
청률을 키워나가는 방식이 확대될 것"이라며 우려를 표명했다.
[아시아경제=오영석 기자/ youngsuk@seoul.co.kr

김 선배.

stoo.news.com

xidb****
미남 경찰 영웅의 등장!!
2014
답글 0

vnfm****
믿음직한 꽃미남 형사님
덕분에 대한민국은 안전합니다
2014
답글 0

cafe****
결혼은 하셨나요?+^^+

미남 경찰 영웅이 된
소감이 어떠세요?

오오~ 그렇게 말하니까
진짜 영웅 같은데요?
혹시 지금 고도로
계산된 연기?

그, 그만 좀 하지…?

풋~! 선배 놀리는 거
은근히 재미있는데요?
종종 써먹어야겠어요.

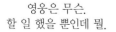

영웅은 무슨.
할 일 했을 뿐인데 뭘.

그나저나 고상태 씨 참 안됐어.

이번 사건의 범인이요?

응. 딸이 성추행 당한 것 때문에 홧김에 저질렀다고는 하지만 사람이 죽었으니…

그러게요. 이번 사건처럼 범죄의 피해자나 목격자가 가해자로 돌변하는 경우가 제법 많더라고요. 일종의 다크 엔젤 증후군이죠

다크 엔젤 ?

예. 사건 당시 겪은 트라우마가 결국 분노로 전이되어 복수의 화신이 되는 경우를 의미해요.

배트맨 같은 다크 히어로가 그 전형적인 예라고 할 수 있죠.

어린 시절 부모가 피살되는 광경을 지켜본 주인공이 죄의식과 분노로 고통받다가 결국 악당을 응징하는 해결사가 되는 거잖아요.

대중들에겐 도시를 수호하는 매력적인 영웅의 모습일지 몰라도,

그 내면을 들여다보면 트라우마에 사로잡힌 전형적인 다크 엔젤 증후군 환자에 불과해요. 그런 약점이 더 인간적으로 보이긴 하지만요.

어찌 보면
그 고상태라는 분도
배트맨처럼 이 사회가 낳은
불행한 괴물이라고
할 수 있죠.

?

왜 그러세요?

잠깐만.
아는 사람 같아서…

미안. 나 먼저 갈게.
커피값 좀 대신 내줘.

김기훈 씨?

경찰입니다.
그 상자 안 좀 볼 수
있을까요?

어제저녁에 XX상조 측에서도 광고 계약을 하겠다고 긍정적인 답변을 내놓았습니다.

회의실

이로써 '더 테러 라이브 쇼 히어로'로 불러들인 광고 수익은 총 16억 5천만 원에 달할 것으로 추정됩니다.

오호!

브라보! 대-박!

이런 게 바로 창조경제지. 안 그래?

맞습니다. 국장님!

그리고 나쁜 뉴스도 하나 있습니다.

뭔데?

그 사고로 죽은 남자 재연 배우의 부모가 소송을 걸었습니다.

사건 당시 재빨리 후송했으면 살 수 있었다면서 우리 방송국에 10억짜리 손해배상 소송을…

10억? 지랄하고 있네.

소송 질질 끌어. 한 3, 4년 끌면 그 새끼들도 지칠걸? 그때 1억 안팎에서 쇼부치면 돼.

사실… 죽은 재연 배우가 효도한 셈이죠.

이렇게 죽지 않았으면 그 부모가 언제 그런 큰돈 만져보겠습니까?

것도 맞는 이야기네. 하하!

구속된 박 PD와 스태프들은 어떻게 할까요?

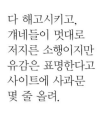

다 해고시키고, 걔네들이 멋대로 저지른 소행이지만 유감은 표명한다고 사이트에 사과문 몇 줄 올려.

그리고 박 PD한테도 회사 명예훼손죄로 소송 걸고. 무슨 말인지 알았지?

알겠습니다, 국장님.

신경

오늘 기분 좋네!
오늘 저녁때
기념 회식 한번 하자.

감사합니다.
국장님!

짝

짝

와우!
멋지십니다,
국장님!

정말
화통하십니다!

한우로 거하게
한번 쏘지.

짝

생방송 중에
인질범을 검거해
일약 영웅이 된
형사가 서울경찰청
건물을 폭파하려던
폭탄 테러범을

POLICE

경찰 영웅, 테러범 검거

경찰청 건물
바로 앞에서
검거해 다시 한 번
화제가 되고
있습니다.

자세한 소식,
김진호 기자가
전합니다.

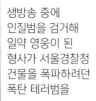

네. 김진호입니다.
전 지금 서울경찰청 앞에
나와 있는데요,

테러범은 경찰의 이목을 속이기 위해 택배 기사로 변장했지만, 경찰 영웅의 날카로운 눈을 피하진 못했습니다.

필립

바로 이곳이 오늘 오후 3시경 경찰청을 폭파시키기 위해 다이너마이트가 잔뜩 든 상자를 들고 오던 테러범과 경찰 영웅이 격투를 벌인 장소입니다.

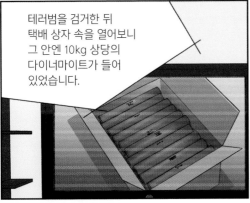

테러범을 검거한 뒤 택배 상자 속을 열어보니 그 안엔 10kg 상당의 다이너마이트가 들어 있었습니다.

다행히 제가 맡은 사건의 수배범이라 금방 알아보고 따라가 검거했습니다.

김준 경찰

동료와 함께 늦은 섬심을 먹고 있는데 그 테러범이 옆에 지나갔습니다.

운이 좋았죠.

아, 그렇군요.

폭탄 테러범과
대로변에서
격투를 벌이셨다고
들었는데요,

어디 다치진
않으셨습니까?

네. 다친 곳은
없습니다.

아, 다행이네요.

그래, 내가 여기 처박혀 있는 동안
행복한 꿈 좆나게 꿔라.
학교 졸업하면 꼭 찾아가서
그 행복 산산이 짓밟아줄게.

지난번 인질범을
검거하는 과정이
생중계로 전국에 방송돼
일약 스타가 되셨는데요.

인기를
실감하고
계신지?

글쎄요. 동료들이
자꾸 밥을 사라고
해서 곤란하긴
합니다.

저 남자,
차암 매력 있네.

이번에 우리
프로그램에 저 형사
캐스팅하는 거
어떻게 생각해?

제9화 「더 테러 라이브 쇼 "영웅"」 끝

The 9th Episode.
"The Terror Live Show 『HERO』"
END

to be continued...
The 10th Episode "War Against The Crime"

정작 사람을 악의 길로 유혹하는 것은

그 사람의 적이 아니라 자기 안의 목소리다.

부처

FREAK

Episode 10. War Against The Crime

그 씹새끼
나왔는데요?

한적한 데서
밀어.

네, 형님.

부릉

부아앙

아오, 씨발…

뭐 이딴 식으로
운전…!!

화악

!!

퍼억

권순철.

2-2

네.

여보세요?

박성식
어머님 되시죠?
안녕하세요.
전 성식이 학교
담임입니다.

오늘 성식이가
학교를 안 와서요.
전화도 안 받고…

혹시 어디 아픈가 해서
전화드렸습니다.

네? 오늘 아침에
시간 맞춰
나갔는데요?

그래요? 이상하네.
이놈이 어디로 빠졌지?

혹시… 가다가 사고 난 건 아닐까요?

설마요. 별일 없을 겁니다. 어디 PC방 같은 데로 샜겠죠.

아무튼 성식이한테 연락 오면 저한테도 연락하라고 말씀 좀 전해주십쇼. 그럼 안녕히 계십시오. 어머님.

아, 네. 네. 수고하세요.

어떻게 된 거니…

성식아…!!

짜악

으…

새끼. 빨리 딴 놈들
이름이랑 연락처
대라니까?
말 졸라 안 듣네.

허

허

허

씨, 씨발…
좆 까고 있네.

이 새끼
허세 보소.
허허.

허세는…

나한테 좆나게
두드려 맞던
네놈이 지금
부리는 거고.
크크.

!

뒤지려고!!

요런
대가리에
피도 안 마른
새끼가
진짜…

야야, 그러다가 애 죽는다.
살살해라.

네, 형님.

?

인마, 꾀병 부리지
말고 일어나서 허세
부려야지. 응? 크크.

혀, 형님?

왜?

이, 이 새끼,
죽었는
데요…?

뭐…!?

뭐, 뭔
헛소리야…?
이 새끼,
니가 잘못
봤겠지!

지, 진짠데요…

아놔,
이 새끼들
진짜…

경찰 POLICE

이 서류에
아드님 신상이랑
어머님 연락처와
주소 적어서
주세요.

가출신고서

?

저기요. 아저씨.

네?

이건
가출 신고서
잖아요…?

우선 며칠
기다려
보시죠.

아주머니.
실종 신고는 바로
되는 게 아니고요,
먼저 가출 신고가
선행되어야 돼요.

가출 신고 후에도
소재가 파악되지
않을 경우에 그때
실종 신고를 하는
겁니다.

대부분 며칠 있다가
다시 집으로
기어들어오더라고요.
요즘 애들 다 그래요.

좋은 게 좋은 거
아니냐고~ 응?
일 크게 만들지 말고.

우리가 다 책임질 테니까
아줌만 딱 한 장만
준비하시라고.

씨발, 우리
잡히면 아줌마도
끝장이야. 알아?

왜 울어? 갑자기.
잡아먹겠다는 것도
아닌데. 아놔, 이 아줌씨
짜증 나네.

?

형님. 형님.

왜? 인마.

저번에 그놈들 중 하나가 맞는 것 같은데요.

저기 저 새끼.

어떻게 할까요?

야, 이 병신아. 쫓아가다가 적당한 데서 밀어. 붕어 대가리도 아니고 매번 그걸 나한테 묻냐? 하아, 이 돌대가리들 진짜.

아, 아니. 이건 아줌마한테 욕한 거 아니야. 착각하지 마, 좀. 아놔. 오늘 스테레오로 왜 이러니, 진짜.

부웅

성식이 이 쉑히, 카톡 보내도 대답도 없네. 군기 좆나게 빠져갖고.

크크. 여자랑 있나?

강력 1반

여기 형사분한테
말씀하시면
될 것 같습니다.

예. 정말 감사합니다.

어떻게
오셨습니까?

네. 안녕하세요.
형사님.

저기…
좀 상담 드릴 게
있어서…

여기 의자에 앉으시죠.

감사합니다.

무슨 일로 상담을
하러 오셨는지…?

저기…

협박 전화요?
그 협박한 사람이
누군지 알고
계십니까?

제가 협박 전화를
받아서요.

예. 그런데
이게 참…

일이
좀 복잡하게
꼬여 놔서…

어머님, 너무 긴장하지
마시고요. 처음부터
찬찬히 말씀해주시죠.

실은… 아들놈이
지금 고등학교 다니고
있거든요.
△△고등학교 2학년.

잠시만요.
아드님 이름이…?

임규찬요.

임규찬.
네. 계속 말씀하시죠.

143

네. 그런데
한 두어 달 전쯤에…
규찬이 얘가 갑자기
손목을 그어서
자살을 시도하더라고요.

자살요?
어쩌다가…?

저도 하도
놀라서…

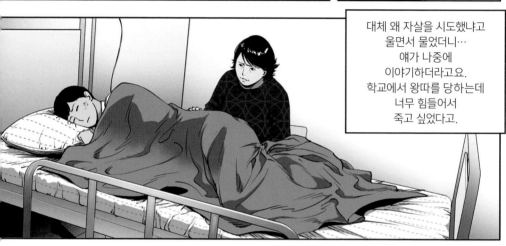

대체 왜 자살을 시도했냐고
울면서 물었더니…
얘가 나중에
이야기하더라고요.
학교에서 왕따를 당하는데
너무 힘들어서
죽고 싶었다고.

세상에 그 어린것이
자기가 죽어야
그 괴롭힘에서
벗어날 수 있을 것
같다면서 펑펑 우는데,
정말 어미 된 입장에서
억장이 무너지더라고요…

대체 어떤 새끼들이
내 자식을 이렇게
못 살게 구는지…
정말 칼이 있다면 쫓아가서
다 찔러 죽여버리고 싶었죠.

몇 년 전에
학교 폭력에 시달리다
자살한 학생이
엘리베이터 안에서
우는 걸 보고 가슴이
미어졌는데,
그 모습이 우리 규찬이하고
겹치더라고요.

안 되겠다 싶었죠.
내 아들이 자살까지
시도할 정도로
괴로워하는데 엄마로서
못 할 게 뭐가 있겠어요.

폭력에 폭력으로 대응하는 게
너무 싫었지만 애들은 애들만의
방식으로 확실하게 잡아야겠다는
생각이 자꾸 들더라고요.

그리고 장 보러 가는 길에
늘 아무 생각 없이
지나치곤 했던
전단지가 뇌리를 스쳤죠.

마치 운명처럼.
그게 이번 일의
시작이었어요.

145

고민하지 말고 전화주세요!

010

24++
9999

010
9999

010
24++

감사합니다.
여러분의 고민을
해결해드리는
콜롬보
흥신소입니다.
무엇을
도와드릴까요?

네. 여기 그 학교 폭력
해결해준다는 전단지 보고
전화드렸는데요.

콜롬보 흥신소

사람찾기, 불륜 조사, 채권회수
학교폭력 해결 전문가 그룹

비밀보장
전국 대표번호 24시간 상담
1566-3847

사모님은 정말
제대로 찾아오신
겁니다.

솔직히 까놓고 말씀드려서
저희야말로
각종 폭력 사건
해결 전문이죠.

이쪽 바닥에서 짧게는 10년, 길게는 30년 가까이 종사한 전문가들로 구성되어 있습니다.

創造經濟

저기, 혹시… 조폭이나 깡패…는 아니시죠?

허허허.

뭐, 물론 혈기 왕성할 땐 그쪽에 잠시 몸담긴 했죠. 하지만 지금은 21세기 아닙니까? '범죄와의 전쟁' 이후 깨끗하게 손 씻고 새롭게 출발한 지 꽤 됐습니다.

지금은 정말 건전하기 짝이 없는 대한민국 국민이고요,

이 친구들, 제가 국민연금부터 시작해서 4대 보험 다 내주고 있습니다.

그리고 저기 보시면 아시겠지만,

"경찰이 할 수 없는 일은 탐정이 해결한다"

'건달 출신의 공인탐정으로 뛰어난 활약을 보여주고 있는 장사철을 만나다!'

신문에까지 보도된 정식 업체니까 믿으셔도 됩니다.

그럼 다행이고요. 요즘 세상이 워낙 험악하다 보니 돈만 뜯길까 봐…

하이고, 사모님. 걱정도 팔자십니다. 저희 그렇게 못된 놈들 아닙니다. 허허허.

아드님 성함이 임규찬이라고 하셨죠?

네. 임규찬 맞아요.

500만 주시면
저희가 시마이,
아니 애프터서비스까지
다 해드리겠습니다.
어떠세요?

애프터서비스요?
그게 뭐죠?

아, 그 가해 학생들이
의뢰한 피해 학생을
어떻게 알고 괴롭히는 경우가
종종 있더라고요.
만약 그런 문제가 생기면
저희가 애프터서비스로
2차 작업까지 완벽하게
단도리 치는 겁니다.
다시는 괴롭히지 못하도록
아주 묵사발을 만드는 거죠.

설마 죽이는 건
아니죠…?

우리가 이런 일 한두 번
해본 것도 아니고. 괜히 그런
실수해서 시끄럽게 만들 일
전혀 없으니까 걱정 붙들어
매십쇼. 사모님.

옛말에 이이제이라고
오랑캐는 우리처럼
더 무서운 오랑캐로
잡아야 됩니다.

소장 장 사 철

그 아드님 괴롭히는
새끼들은 사모님이
OK할 때까지
애프터서비스를 확실하게
해드릴 테니까.
어떠십니까?

일단 선수금 반, 그리고 나머지는
일 끝나고 주시면 됩니다.

...

좋아요.
그럼 오늘 계약하죠.

아따, 사모님 보기보다
성격 화끈하시네.

151

여기 있어요.
선수금 250.

감사합니다.

쇠뿔도 단김에
빼랬다고 지금
바로 일 시작하죠.

규찬이한테 전화해서
괴롭히는 놈
전화번호랑 이름 좀
알려달라고 하십쇼.

그리고 저도 좀
바꿔주시고.

응. 엄마.
의뢰했어…?

그래.
방금 계약했다.

그 해결사 아저씨가
너한테 할 말 있다니까
잠깐만 기다려봐.
바꿔줄게.

아, 규찬이 학생?

네.

그 괴롭히는 놈 이름하고 전화번호 알려주면 이 아저씨가 아주 꼼꼼하게 손을 봐줄게.

그런데 그놈을 어떻게 손봐줄까?

네?

규찬이가 원하는 대로 처리해주려고.

아무도 없는 데서 그 새끼를 손봐줄까? 아니면 눈앞에서 혼내줄까?

음…

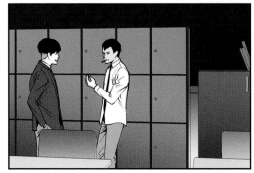

아, 혹시 눈앞에서
혼쭐나는 거
보고 싶은데
후환이 두려워서
그러니?

네…

그럼 아저씨들이
규찬 학생 교실로 가서
마치 딴 학생한테
의뢰받은 것처럼 해서
그 자식을 완전히
박살 내줄게.

학생들 앞에서
공개적으로
말이야. 다시는
치근덕거리지
못하게 만들어주지.
오케이?

네. 그래주시면
저야 좋죠.

임규찬이.
이리 와봐.

저,
나중에
전화
드릴게요.

응… 왔어. 왜?

이 새끼,
너 왜 나보고
기분 나쁘게
웃어? 응?

그, 그냥...
기분 상했으면
미안해.

?

50킬로미터.

...

이 새끼, 이거 완전돌대가리네. 내 주먹이 다 아퍼. 어휴~

크크. 박성식 패!

이 자식이 자살 시도한 그 병신이지?

응. 맞아. 그 병신.

나한테 괴롭힘당하는 게 그렇게 힘들었냐? 십탱아.

졸라 힘들겠지. 나래도 자살한다. 크크.

뭐, 인마! 크크.

야.

응?

우리 배고프니까 매점에서 간식거리 좀 사 와.

뭘 얼마나 성의 있게 사 오는지 봐서 오늘 괴롭힘의 강도를 정할 거야. 무슨 말인지 알겠지?

응. 알았어.
조금만 기다려.
헤헤.

크크크.
좋댄다,
병신.

야. 적게 사 오면 씨발,
지옥을 맛보게
해줄 거야! 알았어?

저 병신,
지옥 많이 가봐서
익숙할걸? 크크.

조금만 기다려라.
이 개자식들아…!

너희야말로
며칠 안에 끔찍한
지옥을 맛볼 테니까…
그때 마음껏 비웃어주마!

쿵쿵

징이잉
징이잉

지이잉

두꺼비

수신 전화

장사철이?
오랜만이네?
니 아직
안 죽었나?

아휴, 태경 형님.
잘 지내시죠?

네. 뭐, 전 죽지 못해
빌빌거리면서
살고 있습니다. 형님.
ㅎㅎㅎ.

색히, 목소리에
개기름이 좔좔
흐르는데 엄살떨긴.

너 그 심부름센타
아직도 하나?

예. 불황이라
장사는 안 되지만
악으로 깡으로
버티고 있습니다.
형님. ㅎㅎㅎ.

이 색히,
또 뭐 아쉬운 게 있으니까
나한테 연락을 했구만.
뭐야?

뭐?

야. 요새 뒷조사
그거 위험해.

내부 감사
걸려서
나 징계 먹으면
니가 책임질래?

응? 어떻게?
크크.

요즘 사생활 보호니
인권이니 뭐니 해서
개인 정보 무단
조회하다 걸리면
좃 된다고.

애개개. 다섯 장 같은
소리하고 있네.
줄려면 100은 줘야지,
이 사람아.

나이 50 처먹고
지금 나랑
소꿉장난하자는
거야? 그래.

안녕하십니까.
한 선배님.

어?

야, 경찰 영웅
김준!
디게 오래
간만이네.

요즘 완전 스타 됐어.
응? 파이팅!

아, 네.
그럼 이만 올라가
보겠습니다.

그래.
한참 바쁠 때지,
어서 올라가봐.

저 새끼, 만날 저 프로파일러 년하고 붙어 다니네. 둘이 벌써 떡 쳤나? 크크.

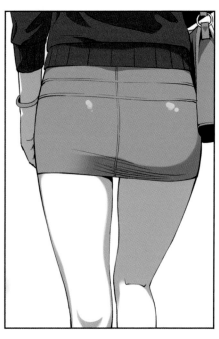

뒷모습이 삼삼하긴 하네.

저기, 형님

그래. 알았어. 카톡으로 보내지 말고 문자로 이름과 전화번호 보내봐.

입금 확인하는 대로 내가 주소지랑 가족 신상 조회해서 보내줄게.

햐아, 씨바. 겨우 요 몇 줄 보내주고 100만 원이나 받아 처먹어?

한 경사 그놈이 또 진상 부립니까?

이런 양아치 새끼도 짭새랍시고 갑질하고 자빠졌네. 니미, 좆같은 세상.

짭새 한태경

박성식 가족사항: 모친 (김은혜,45세,OO시장 '엄마손맛' 분식점 운영)과 거주중. 아버지(윤병철)와 7년 전 이혼, 주소지: OO구 XX 5동 873-25 지하 1층

굿럭 ㅋㅋ   오후8:27

아니, 씨바. 100만 원이나 받아 처먹었으면 성의를 보여야 할 거 아이가.

니미, 이 새끼 성의 없이 문자 몇 줄 보내고 쇼부치네. 하아, 조또.

뭐, 어쩌겠습니까. 형님. 목마른 놈이 우물 판다고, 우리가 참아야지라.

아니면 이번 기회에 고무신 꺾어 신는 것도 한번 고려해보십쇼.

야, 그놈이 우리가
고무신 꺾어 신으면
가만히 냅두겠냐?
됐다. 치아라.

이 일도 좆같아서
못 해먹겠다.
이리 치이고
저리 치이고.

돈은 찔끔찔끔
나오는데,
뜯어 가려는 놈은
줄 서서 기다리고.
빌어먹을…!

형님.
그럼 제가 저번에
말씀드린 녀석
한번 만나보시는 건
어떻습니까?

그 통나무 장사
한다는 놈…?

네.

이 새낄 확 그냥.

그런 거 잘못하다간
우리 개작살 난다고
내가 골백번은
이야기했지?
이 붕어 대가리
새꺄!

빌
떡

죄… 죄송합니다.
형님.

암튼 선금 받았으니
일은 제대로 해줘야지.

아직 학생이니까 적당히 겁만 줘.
주무르더라도 크게 다치게
하진 말고, 알았지?

뭐, 애새끼들인데
작전 같은 건
필요 없을 테고,
속전속결로 내일 아침에
바로 해치우자.

네, 형님.

2학년 2반이라고
그랬지?

네. 형님.

임규찬 학생한테
뻐꾸기 날려.
지금 시작한다고.

'나랏말싸미'는
'나라의 말이',

'듕귁에 달아'는
'중국과 달라서'라는
뜻입니다.

자, 여기서
'듕귁에'라는 문장 중
'에'라고 하는 것은
뭐냐?

바로 뭣뭣과 비교를 표시하는
비교 부사격 조사가 되는 거다.

콜롬보
규찬아, 우리 콜롬보
삼촌들인데, 박성식
등교 했니?
오후 9:49

전송

...아, 우리 콜롬보
삼촌들인데, 박성식
등교 했니?
오후 9:49

오후 9:49 네

전송

콜롬보
오후 9:49 네

오케이, 우리
10분 안에 들어간다. ^^
오후 :49

전송

저벅

저벅

드르륵

누, 누구세요…?

탁

아니, 이보세요.

지금 당신들, 학교에서
이게 무, 무슨 짓입니까…!

학생들. 수업 중에 미안한데, 우리가 한 학생한테 잠깐 볼일이 있어서 그래.

선생님은 조용히 뒤로 물러나 계시고.

여기 박성식이라고 있지?

박성식이 누구야?

어이, 학생. 박성식이 누구야?

누구냐고!! 말 좀 해봐!

173

아, 니가
박성식이냐?

그래.
내가 바로
박성식이다.

당신들 뭐야?

니들은 뭔데
학교까지 와서
행패야, 응?

대가리에 피도
안 마른 게
말이 짧네. 응?

이 새끼 봐라.

그래서 뭐?
내가 말이
짧아서
훈계하러
오셨쎄요?

꿈틀

이 애송이
새끼가 진짜!

크윽!

네가 얘들을
그렇게 괴롭힌다며?
그래서 오늘 우리가
니 버릇 고쳐주려고
친히 왕림하셨다.
새끼야.

씨발. 너희들
뭐 하는 놈들이야?

보아하니 건달이나
심부름센터 직원
같은데 맞지?

그건 알 필요 없고.
일단 좀 맞자.

우프프
…!!

이야아아!!

…!!

조또 아닌
새끼가 까불긴…

저런
병신
쯧쯧…

니미,
어떤 새끼야!

어떤 새끼가
비겁하게
사람 고용했냐고!
나와!

임규찬!
너야?

아냐, 아냐.
난 절대
아냐!
믿어줘!

그 새끼,
뼈다귀가
참 억세네.

상철아. 적당히
마사지 좀 해줘라.

네. 형님.

덤벼.

개새끼.
허세는!

징징 울게
해주마!

애송이가
날뛰긴.

이래 봬도 내가 한때
킥복싱 페더급
챔피언까지
했던 사람이다.

너 같은 애송이랑은
차원이 달라!

크을.

어떠냐?
지금까진 친구들
괴롭히면서
재미 좋았지?

185

이제부턴 네놈이
당할 차례다!

이자까지 해서
한번 실컷
맞아봐라!
이 자식아!

이…

이… 이봐요!
제발 그만둬-!!

계속
소란 피우면
경찰을
부르겠어!

타격감 좋네
이 새끼.
오늘 한번
죽어봐!

어이, 젊은 선생.

오래오래
선생질하고
싶으면
입 다물고
가만히 계서.

학교란 곳이 말야,
제대로 된 인성 교육은
안 시키고 만날
애들 경쟁만 시키니까
왕따니 학폭이니
이런 문제가
자꾸 생기는 거
아니겠소?

선생이 학생을
제대로 못 가르치니까
우리가 여까지 와서
고생하는 거 아니야!
응?

저런 놈은 지가 좆나게 당해봐야 정신을 차리니까 가만히 있으쇼.

우리가 좀 거칠어도 이게 참교육 시켜주는 거니까.

이제 그만해라. 상철아.

네. 형님.

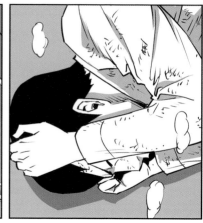

어이. 박성식이.

애들 괴롭히면
우리 또 온다.
그땐 적당히
안 넘어가.

너희 어머니,
△△시장에서
조그만 분식점 하지?

거기 찾아가서
네가 애들 괴롭힌 방식
그대로 너희 어머니한테
똑같이 대해줄 거야.
무슨 말인지 알겠어?

씨발. 우리 엄마 괴롭히면 너희들 다 죽여버린다.

알았어?

그러니까 애들 괴롭히지 말라고.

니가 애들 괴롭히는 건 로맨스고, 우리가 니네 괴롭히는 건 불륜이냐? 시발놈아.

눈깔 깔어.

안 깔어?

이 새끼가
아직도 정신을
못 차렸네.

ㅆ

ㅠㅠ

컥!

몇 대 더
맞을래!?
앙?

야야.
그만
하라니까!

네. 형님.

툭!

그럼 선생님.
저희 이만
가보겠습니다.

꾸벅

수업
계속하시죠.

좀 제대로 된
인성 교육 위주로.
오케이?

191

…

야, 괜찮냐?

아휴, 고삐리한테도 얻어맞는 병신아. 쯧쯧.

애들아, 가자.

죽여버리고 말 거야. 이 개새끼들…!!

거참. 밥 좀
먹으려
했더만…

안녕하십니까,
사모님.
허허허.

네. 안녕하세요.
소장님.

라면 ——————— 2,500
국수 ——————— 3,000
비빔국수 —————— 3,500
비빔들면 —————— 3,500
비빔밥 ——————— 3,500
콩국수(여름)———— 4,000
냉국수(여름)———— 3,500
떡국(겨울)————— 3,500
만두국(겨울)———— 3,000
만두백반(겨울)——— 3,500

7,000원입니다, 손님.

여기 카드요.

소장님한테
감사하다는 말씀
드리려고
전화드렸어요.

여기 카드하고
영수증입니다.

아, 아드님한테
벌써 말씀
들으셨나 보죠?

네. 규찬이가 너무
좋아하더라고요.

삐
삐

자기 괴롭히던 애가
두들겨 맞으면서
우는 거 보니까
속이 다 시원하다고.
호호호.

정말 일처리
깔끔하게 해주셔서
고마워요, 소장님.

별말씀을. 허허. 그냥 돈 받은 만큼 해드렸을 뿐입니다.

아 참. 나머지도 입금해드릴게요. 계좌번호 불러주세요.

감사합니다. 안녕히 가세요.

그럼 좀 이따가 문자로 계좌번호 보내드리겠습니다.

네. 또 그런 일 있으면 연락 주십시오. 사모님이 오케이할 때까지 애프터서비스는 계속될 겁니다. 허허허.

들어가십시오. 네.

여자가 성격이 시원시원해서 좋네. 이런 일만 들어오면 좀 좋아? 크크.

어라?

야. 시발. 내가 전화받는 동안 다 짱 누가 다 처먹었어?

저, 접니다. 형님…

이 색히는 장유유서가 없어요!

따앙

고삐리한테 처맞고 그게 목구녕으로 넘어가냐?

악!

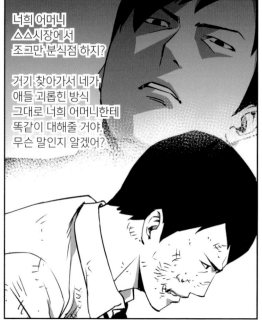

너희 어머니 △△시장에서 조그만 분식점 하지?

거기 찾아가서 네가 애들 괴롭힌 방식 그대로 너희 어머니한테 똑같이 대해줄 거야. 무슨 말인지 알겠어?

야, 박성식!

한참 찾았잖아.

너 교실 안에서
다구리 맞았다고
소문이 파다하던데,
어떻게 된 거야?

시발.
나 좆같아서
못 살겠다.

야, 너 왜 그래…?

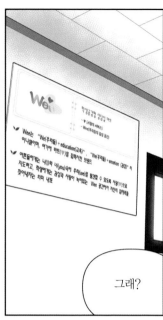

그래?

그 새끼들이
누군지도 몰라?

말투나 행동으로 봐선
아무래도 학폭 해결해주는
심부름센터 직원이나
건달이 아닌가 싶습니다.
선배님.

참 나.
살다 보니
별의별 일이
다 생기네.

야, 복수를 해주려고
해도 누군지 알아야
해줄 거 아냐. 응?

돌아다니면서
'△△고등학교에서
박성식 때린 놈 찾아요.'
이럴 수도 없잖아.

아!
경완 선배님.

학교 교문 앞 전봇대에
그 학폭 해결 전단지가
붙어 있던데…

혹시 걔네들
아닐까요?

그 전단지 한번
가져와봐.

네.

야, 박성식.

네. 선배님.

이것만은 알아둬라.

네가 꼰대들한테
두들겨 맞은 건
상관없어. 다만…

감히 내 영역 안에서
이런 일이 터졌다는 걸
그냥 두고 볼 수 없기 때문에
내가 움직이는 거야.
이건 학교 짱인
내 자존심 문제이기도
하거든. 알았어?

네, 감사합니다.
선배님.

이거야?

콜롬보 심부름센터?

네. 선배님.

이름 봐라. 씨바.
졸라 쌍팔년도틱 하네.

콜롬보가 뭐냐?
콜롬보가. 먹는 거야?
크큭

그 옛날 미드
형사 주인공 아닙니까.
선배님도 참…

…

…

여러분의 고민을
해결해드리는
콜롬보 흥신소입니다.

무엇을
도와드릴까요?

얘들한테
괴롭힘을 당하고
있어서 그러는데,
좀 만나 뵐 수
있을까요?

네, 저…
△△고등학교
학생인데요.

아, 물론이지.

저… 좀 이따가
야자 들어가야
해서 그러는데요,
이쪽으로 오시면
안 될까요?

네, 교문 건너편에
보면 맥도날드
있거든요. 거기서…

어떻게… 학생이
이쪽으로 올래?
아니면 우리가 갈까?

교문 건너편에
맥도날드.

좋아, 그럼 두 시간 후에
거기서 보는 거 어때?

네. 그럼 두 시간 후에
맥도날드에서
뵙겠습니다.

오케이.

야. 이따 만나서 그 새끼들 맞으면
그 자리에서 바로 족친다. 알았지?

네. 선배님.

장난은 희극
사고는 비극

폭력
멈춰

폭력
멈춰

때린만큼 아픈마음
도운만큼 행복가득

그런데 애들 더 부를까요?

장난은 희극
사고는 비극

폭력
멈춰

야, 박성식.
걔네들 싸움 잘해?

한 놈은 킥복싱 챔피언까지 했다고 그러던데요.

솔직히 제 힘으론 역부족이었습니다.

호오, 성식이가 인정할 정도면 제법 실력이 있나 본데? 그럼 애들 한 열댓 불러.

아무리 킥복싱 챔피언이라고 해도 다구리엔 못 당하지. 각목도 몇 개 준비하라고 그리고.

휙

휙

오늘 간만에 스트레스 좀 풀자. 오케이?

넵. 크크.

그리고 너희들.

니들은 뻘짓 하지 말고 집에 가서 공부나 하지? 한 대 맞기 전에. 응?

아, 안녕히 계세요.

그래. 괜히 나대지 말고 집에 빨리 들어가라. 알았지? 크크.

이러다 그 학교
단골 되겠어.

나라가 어찌 되려고.
쯧쯧.

어, 학생.
맥도날드 앞인데,
왔어?

네. 여기
와 있는데요,

안으로
들어오시면
됩니다.

그래. 저기 보이네.
알았어.

알았어.

야. 박성식.
그 새끼들
들어오니까
확인 잘 해.

야. 다들 준비해.
눈치채지 못하게
조심하고.

네!

어서 오세요!
맥도날드
입니다.

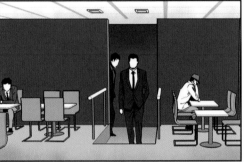

여깁니다.

나 팬
새끼들이
확실해.

맞네.
씨발놈들.

선배님,
맞다는 데요?

아, 그래?
오케이.

어서 오세요.
흥신소에서 오신 분들 맞죠?

전화한 학생 맞아?
아니, 이 덩치로 괴롭힘을
당한단 말이야? 허허.

네. 뭐 어쩌다 보니.
흐흐.

자, 다들 앉지.
우리도 음료수
한 잔씩 시키고.

막내야.
난 콜라랑
버거 하나.

나도.

예.

학생도
고객이니
일단 명함은
드려야지?

난 장사철이라고
한다.

콜롬보 흥신소
소장이지.

정식등록업체 (NO. 242-14-6905)

콜롬보 흥신...

소장 장사ㅊ
010 XXXX XX

콜롬보
흥신소라...

아, 네.
소장님이시군요.

양아치 새끼들이
어디서 본 건
있어 갖고.

뭐…!?

어디서 본 건 있어 갖고
흥신소 이름은
잘 지었다고.

피식

대가리에
피도 안 마른
자식들이…

너 지금 뭐라고
그랬어?

나이 먹으니까
귀까지 어둡냐? 응?

지금 사람 불러다 놓고 뭐 하는 짓거리야!

왜?
대가리에
피 안 마르면
이런 짓 하면
안 된다는
법 있어?

...

보자 보자 하니까…
우리가 그렇게
만만하게 보이냐?
엉!

이,
이 새끼들이
진짜…

위험해!!

동만아!

우으으...

!

이제 속이
좀 풀리네. 크크.

너, 넌…?

그래,
너희들한테
좆나게
두드려 맞은
박성식이다.

옛말에 원수는
외나무다리에서 만난다고
그러더니 이젠 맥도날드에서
만나네.

그치?
이 개자식들아?

좆만 한
핏덩어리들이 감히…
함정을 파고
날 기다려…?

까불지 마!
이 새끼들아!!

내가
누군지
알아?

한때 뒷골목 칼잡이로
악명 날렸던 장사철이야!
우습게 보다가 세상
하직하는 수가 있어!

알겠냐,
이 애송이
자식들아!!

혀, 형님!!

더럽게
시끄럽네.
진짜.

형님, 괜찮으십니까?

이 새끼들이 진짜!

얘들아.
저 자식도 보내버려!

네!

조, 조심해!

그놈이 바로
킥복싱
챔피언이야!

죽여!!

크헉!

히익?!

아악!!

덤비지
않고 뭐 해!
이 병신들아!!

이, 이럴 수가…!

경완 선배가
한 방에 당하다니…

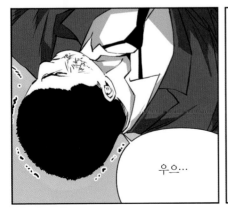

우으…

방금 전까진
패기들이 넘치더니만
왜 그래?

너희들 대빵이
얻어맞는 거 보니까
쫄았냐? 병신들.

너희 같은 겁쟁이들한텐
매가 최고의 약이지.

멍하니 서 있지
말고 다 덤벼,
이 자식들아!
어서

와
아

…!!

씨발, 뭐 해!
이 병신들아!
지금이야,
밟으라고!!

꽉 잡아!

우오오옷!

그래,
죽여버렷!!

크윽…
이 자식
들이…!

이야!

씨발, 단체로
덮쳐!

다구리엔
장사 없어!

켁!

밟아!

윽!

아악! 이 새끼들아,
난 같은 편이라고!
아악!

일단 패고
나중에 사과해!

오케이!

이히히히!!

선배님, 괜찮으십니까?

아오, 시발.
쪽팔려 죽겠네.

야, 적당히 해라.
그러다가 사람 죽겠다.

네. 알겠습니다.

비켜봐.

어허, 대를 위해선
소를 희생해야
하는 법.

이 개자식들아!
나까지 패면
어떻게 해!!

미안하다. 크크크.

크크.

227

잘난 체하더니
꼬라지 보소.

딴 놈들은?

이제 정신들
좀 차리는 것
같습니다.

그래? 좋아.
이쯤하고 이제 끝내자.

네가 일으킨 사단이니까 니가 마무리해야지.

네. 알겠습니다.

난 양호실이나 가보련다.

2학년 니들이 책임지고 뒷정리 다해라. 알았어?

네! 들어가십시오. 선배님.

그래.

저 챔피언 새끼. 일으켜 세워봐.

네.

니가 격투기
챔피언이라고
그랬지?

뭐, 페더급…?

쯧쯧. 한때 챔피언까지
했다는 자식이
깡패 짓 하고 다니는 거,
너네 부모님은 아시냐?
응?

왜?

이 새끼가 진짜…!

네놈이 우리 엄마 드립치는 건 로맨스고,

내가 너네 부모 들먹이는 건 불륜이냐? 개자식아?

너무하다고 생각하지 마. 내가 당한 거 그대로 되돌려주는 거니까.

눈엔 눈, 이엔 이. 알았어?

저번에 네가 나 세 대 때렸지? 옆구리 한 방, 얼굴에 두 방.

지금까지 때린 건 뭐야? 크크.

나도 똑같이 세 대 때릴 거야.
다만 홈그라운드의
이점을 좀 살려서 말이지.

먼저 옆구리
한 방!

오호, 잘 참네.

이번엔 얼굴이다.
난 오른손잡이니까
왼쪽 깔 거야.

좋아. 다음은 공중
돌려차기였지?

난 니처럼
챔피언이 아니라서
그냥 돌려차기로
깔 거야.

어금니 악물어라.
잘못하다간
이빨 나간다.

하압!

으아아…!!

이게
마지막이다!!

이제 속이 좀
시원하네. 씨발.

야. 너희 셋!
앞으로 우리
학교 주변에
얼씬도 하지
마라.

한 번만 더
눈에 띄면 그땐
이 정도로 안 끝내.
진짜 개박살 내
버린다. 알았냐?

자, 가자.

콜롬보 흥신소

사람찾기, 불륜 조사, 채권회수
학교폭력 해결 전문가 그룹

비밀보장

전국 대표번호 24시간 상담

1566~3847

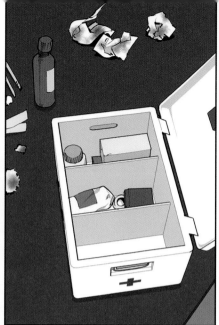

오십 평생
이렇게 쪽팔려 보긴
생전 처음이다.

맞습니다, 형님.
이건 어디 가서
하소연도 못 합니다.

고딩들한테 다구리 당했다고 하면 얼마나 비웃겠습니까.

참 나. 내가 고삐리한테 두드려 맞다니. 이제 은퇴하라는 뜻인가…

형님.

은퇴할 땐 하더라도 복수는 해야 되지 않겠습니까.

쪽팔려서라도 저 이대로 은퇴 못 합니다. 학교 한 바퀴 더 돌더라도 그 새끼들은 조져야죠.

저도 상철이 형
생각이랑 같습니다.
아무리 복잡하게 해골
굴려 봐도 복수해야겠다는
생각밖에 안 듭니다.

동만이
니 생각은 어떠냐?

그치? 실은 나도
마찬가지 생각이다. 시바.

쪽팔리지만 전쟁이다.
애들아. 연장 챙겨라.

예, 형님.

일단 박성식이부터
조집시다.
그놈 주소 아니까
그 자식 납치해서
나머지 놈들 신상
불게 하면 될 것
같습니다.
형님.

그래. 그 싸가지 없는 고삐리들한테 예절이 뭔지 확실히 가르쳐주자고. 알았지?

?

형님.

한적한 데서
밀어.

네, 형님.

그 씹새끼
나왔는데요?

강력 1반

잔금까지 입금 다 했는데,
오늘 낮에 그 흥신소 소장한테
전화가 또 왔더라고요.

탁탁
탁탁

뭔 일인가 싶어
전활 받았더니만…

글쎄, 우리 아들 괴롭히던
박성식이라는 학생을
죽였다면서 저보고 1억만
마련해달라고 하더군요.

그럼 자기네들이
책임지고 일 마무리하고
조용히 잠수 타주겠다고.

241

저는 그 학생을
혼내주라고 시킨 거지,
죽이라고 한 건
아니었는데…

일이 어쩌다
이렇게 됐는지
모르겠어요. 흐윽.

...

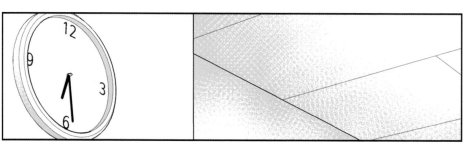

연결이 되지 않아
음성 사서함으로
연결되며…

이 새끼들, 휴대폰
배터리를 빼놓았네.

흐음…

그럼
이렇게 하지.

일단 김 형사랑 덕우는 흥신소 사무실 주소지로 가서 그 일대를 탐문해보고.

박 형사와 송 형사는 임규찬 어머니 집에 가 있게. 혹시 놈들이 다시 전화를 걸지도 모르니까.

예. 알겠습니다.

난 그 흥신소 직원들 신원 조회해보고 결과 나오면 연락 주겠네.

안에 아무도
없는 것 같은데요.

그래?

그럼 일단 한 명은
잠복 대기하고,
나머지 한 명은
저녁 먹고 오자.

네. 선배님.

네. 김준입니다. 반장님.

그래.
어떻게 됐어?

사무실은 비어 있고요,
일단 여기서 잠복하면서
일대 CCTV를 확인해볼까
합니다.

조회 결과는
나왔습니까?

그래. 이 녀석들
조회해보니까 과거가
화려하네.

전과 10범부터 4범까지
별이 수두룩해.
금품 갈취 및 협박, 폭력,
살인 등 혐의도 다양하고.

눈에 띄는 것이 흥신소 대표 장사철의 경우엔, '범서방파' 출신의 '맘보파' 두목 오X홍 밑에서 행동대장으로 일했구먼.

198X년 세상을 떠들썩하게 했던 뉴00호텔 사장 습격 사건에 가담했던 칼잡이야.

학교에 갔다 온 이후엔 독자적으로 세력 구축해서 영등포 일대 상권 장악해서 잘나가다가…

1990년 '범죄와의 전쟁' 당시 슬롯머신 업소 지분을 강탈한 혐의로 재검거됐어.

이후 협박 및 갈취, 폭력 등의 혐의로 꾸준히 교도소를 들락거렸고…

이 친군 사회에서 보낸 시간보다 학교에서 수업받은 세월이 더 길구먼.

두 번째로 유상철이라는 녀석은 전과 7범으로 아마추어 킥복싱 선수 출신이야.

7년 전 한국 챔피언이 된 날, 술집에서 옆자리 취객과 시비가 붙어 싸우다가 상대방을 때려 숨지게 했군. 쯧쯧.

장사철과는 교도소에서 만난 걸로 판단되네.

박동만은 나이트클럽
웨이터 출신으로
폭력 및 협박 전과가 4번.
장사철의 고향 후배야.
특별한 건 없어.

...

이봐. 김 형사. 이 녀석들
나름 잔뼈가 굵은 선수인데
굳이 사무실 앞에서 잠복할
필요가 있을까?

그럼 어떻게
할까요?
반장님.

차라리 이 치들 연고지로
가보는 건 어때?
우선 장사철부터.

성 명	장사철	
주 민 등 록 번 호	620825-1******	조
주 소	경기도 이천시 호법면 후안리 2	
□ 조 회 결 과		
연번	작성일자/작성관서	
	***	

자세한 주소는
문자로 보낼 테니까
이천으로 한번 가봐.

네. 알겠습니다.
지금 출발하겠습니다.

246

뚝—

이 아줌씨는 왜 이렇게
전화를 안 받어. 젠장.

뚝—

딸깍

여, 여보세요…

아줌마. 난데,
돈 준비됐어요?

아직요…

아직?
아니, 지금까지
도대체 뭐 한 거야?
응?

1억이라는 큰돈이 그렇게 쉽게 모이나요…

지금 여기저기 빌릴 데 알아보고 있으니까 좀만 더 기다려보세요.

아줌마. 잔말 말고 늦어도 내일 이맘때까지 1억 만들어놔.

그리고 짭새한테 신고하면 알지? 그땐 우리 둘 다 죽는 거야. 응?

어차피 한 놈 죽인 이상 막가는 인생이야. 알았어?

네. 알았어요. 무섭게 그러지 마세요. 흑흑.

암튼 명심해. 내일 저녁때 다시 전화할게. 끊어.

빌어먹을. 빨리 이 짓 끝내고 잠수를 타든지 해야지. 원.

아악!
악!

사, 제발 살려주세요!!

그 정도면 됐다.
그만 패.

네. 형님.

어이, 고개 들어.

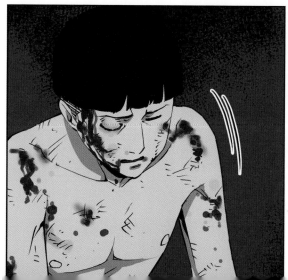

어이. 너 이름이 방현석이라고 그랬지?

네, 네…

우리가 왜 이러는지 잘 알지?

...

긴말 필요 없고, 맥도날드에서 우리 다구리 칠 때 그 자리에 있던 놈들 연락처만 대.

알았어?

저, 저기…

애들 연락처만 다 알려드리면… 저 살려주실 건가요?

너 하는 거 봐서.

네. 반장님.

지금 어디쯤인가?

지금 이천시 호법면 근방입니다.
장사철 연고지까진 한 20분 정도 더 걸릴 것 같은데요.

아, 그래?

집에 있거나
근처에 은신한
모양이야.

30분 전쯤
용의자 장사철이
규찬이 어머니한테
전화를 했는데,
발지지 추적을 해보니
그 장사철 주소지로 나온
이천 부근에서
최종 발신됐어.

섣부르게 들쑤시지
말고 상황만 파악하고
있으라고.

우리도
곧 가지.

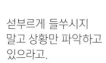

네. 알겠습니다.
반장님.

그래. 운전
조심하게

누구슈?

탕

탕

아무도
안 계십니까?

여쭤볼 게 있어서요.
할머니. 잠깐만
나와보세요.

저흰 경찰인데,
혹시 장사철 씨
어머니 되시나요?

끼
익

무슨 일인데
그래요?

아드님한테 볼일이
있어서 그러는데요,
혹시 장사철 씨
안에 있나요?

우리 아들 없어!!

없으니까
얼른 꺼져!

꺼지라고!
이것들아!!

헐…

대 to the 박.

할 수 없지.
다음에 다시 오자.

네, 선배님.

다짜고짜
꺼지라고
하시네. 와~
이런 경우는
또 첨이네.

…

...

주무시지 않고
왜 전화를 하고
그래요?

이눔의 시키야.
좀 전에 형사들
왔다 갔어.

그래서
뭐라고 그랬어요?

뭐라고 하긴.
없으니까
꺼지라고 했지.

그래도 혹시 이 근처에
잠복하고 있을지 모르니까
집 근처엔 얼씬도 하지 마.

어미가 이따 새벽에 먹을 거
들고 언덕 위로 올라갈
테니까 배고파도 참고.
알았지?

언덕 위…?

상철이구나.
난 또 누군가 했네.

작업은 다 끝났냐?

아직 좀 더 해야
됩니다. 형님.

그 새낀 어떻습니까?
좀 불어요?

매 앞에 장사 있냐?
찍소리 않고 연락처 다
토해내는 중이다.

그 자식도 묻어야죠?

당연하지.

아서라.
꼬리 길면 잡힌다.
안 그래도 어머니 집에
짭새들 왔다 갔댄다.

마음 같아선
그 자리에 있던
새끼들 깡그리
작업하고 싶습니다.

그래요?

빌어먹을.

나 두드려 팬 덩치 큰 놈이
그 학교 짱이라는데,
그놈만 잡아서 묻고
입금 확인하는 대로
해외로 뜨자.

네.

그래. 좀만 더 고생하자.

으음…

음냐…

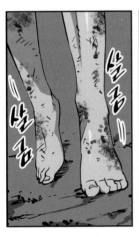

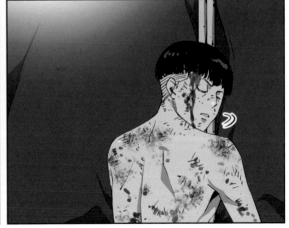

저,
저 새끼
도망친다!

잡아!

야, 이 자식아!
그만 처자고 저 새끼
잡으라고!!

짜아악

거기 서!

서라고,
씨발놈아!

따
따
따
탁

타앗

이 새끼가 정말!

빠

아

쾌 콰 쾅

커헉!!

십쇼키. 야밤에 조깅하게 만드네.

야, 동만아.

네. 형님.

이 새끼, 귀찮은데 그냥 여기서 시마이하자.

이놈 때문에 잠도 못 자고
이게 뭐 하는 짓이냐?

길게 끌 필요 없어.
얼른 작업해서 상철이랑
뒤처리해버려.

듣던 중 반가운
소리입니다. 형님.

자, 잠깐만요…!

얘들 연락처
알려드리면
분명히
살려주신다고
그랬잖아요!

이 자식 보게.
내가 언제?

너 하는 거
봐서라고 그랬지. 인마.

저, 저기…

꼼짝 마!

살려주세요.
아저씨…!
제발요…!

웃기지 말고.

잘 가라.

경찰이다.

흥기 버리고
머리에 손 올려.

어서!

시, 시발…

뻑ㄷㄷ

웃기지 마!
이 새꺄!

타
타

타
타

타앙

어설프게
저항하지 말고
바닥에 엎드려.
어서!

겨, 경찰
맞죠?

으어어…
정말 고맙습니다.
흐흑!

학생. 힘들겠지만
나 좀 도와줄래?

내가 지키는 동안
이걸로 저 사람들 손을
등 뒤로 묶어줘.

…네.

내 말 들었지?
엎드린 채
양손 허리 뒤로 올려.

!!

꼼짝 마!

탕

젠장…

하
앙

맘
샷

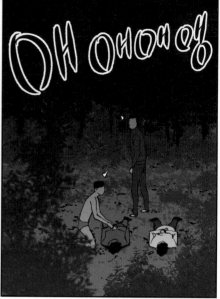

...

저기…
경찰 아저씨.

제가 여기 지키고
있을 테니까
얼른 쫓아가세요.

놓치면 안 되잖아요.

그래. 경찰들
금방 올 거니까
좀 부탁한다.

허튼짓
하지 말고.

뭐야…?

빌어먹을…

거기 서!

끈질긴
자식.

어디까지 쫓아오나
두고 보자.

젠장…

유상철 맞지?

그만 포기하고
순순히 내려가자.

웃기지 마.

순순히
내려갈 거였으면
애초에 도망치지도
않았어.

총 맞고
내려갈래?
어서 엎드려.

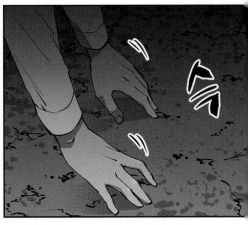

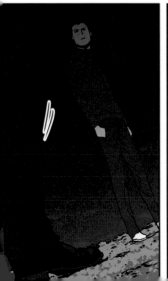

크윽!

형사치곤
제법이네.

이 정도면
나가떨어져야
정상인데.

알다시피 상황이
여의치 않아서
말이지!

여기가
링 위라면
제대로 몇 수
가르쳐주고
싶지만…

아악!

으아아아!!

크헉…

으으…

장난 아닌데,
이거?

재밌네.
아주 재밌어…

두 번
당할 줄
알아?!

으아아악!!

그만
포기해!

으아아!!
이 씨발!!

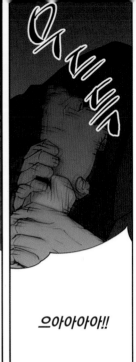

으아아아아!!

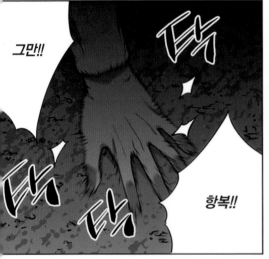

그만!!

항복!!

항복
이라구!!

왜 이리 늦어?

살 좀
빼야겠어?
덕우?

사철아!

아이고
이눔의
시키야!

너 이번에
들어가면
우리 살아서
만날 수나 있겠니?
사철아!

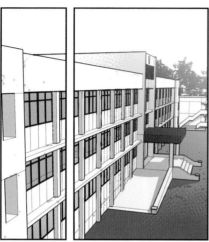

아시아경제 ▾   뉴스   ⊞ Q

전체 경제 정치사회 국제 생활 연예스포츠

고교생 납치, 살해,
유기한 잔혹한 범죄집단 검거!

💬 0   ★ − 작게보기 + 크게보기

[아시아경제 나주석 기자]
고교생 A군을 납치해 살해한
일당이 경찰에 붙잡혔다.
서울지방경찰청은
개인적인 복수심 때문에
고교생 A군(17)을 납치해
살해하고, B군을 납치해
살해하려한 혐의로 K 심부름센터 소장 장모씨(53)와
직원 2명을 구속했다고 1일 밝혔다.
이들은 지난 달 27일 오후 6시경 수업을 마치고 집으로
돌아가던 b군을 강제로 차에 태워 경기도 이천의 한 야산으로
끌고 간 뒤 살해하려 한 혐의를 받고 있다.
경찰 조사 결과 심부름센터 소장 장씨는 김모씨(여, 39)의
의뢰를 받고 김씨의 아들 A군을 교내에서
납폭행했다. 이에 앙심을 품은 A군이 친구인 B군 등과 상의해
마하는 전 장씨의 '그' 일당의 한길 앞 페스트푸드점으로

리의 비밀하우
데리고 간 후 협박하여
때린 학생들의 신상을
B군을 각목으로 때려 실
자칫 연쇄살인으로 이어
일당의
경찰의
장씨에게 범죄를

〈A군〉

는 협박을 받고 신변의 위협을 느낀 김씨는
했다. 김씨의 진술과 뒤마침 려온 장씨이
를 파악한 경찰은 재빨리 경기 천경찰서에
하는 한편 경찰청 소속 강력팀을 급파해 사건
시간 만인 지난달 28일 오전 1시쯤 장씨와 일
달에 검거했다.
계자는 "범행 당시

성식아…
성식아…

서…
성식아…
흐흑…

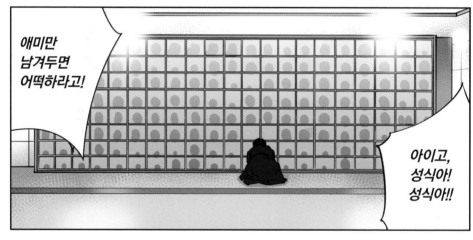

애미만
남겨두면
어떡하라고!

아이고,
성식아!
성식아!!

크크크크큭…

🏠 뉴스 ˅ 　 정치/사회 ˅ 　 사회 ˅

콜롬보파 유상철 '인육 먹었다' 충격 진술!

기사보기　댓글보기 0

T ＋ － 🖶 🔗 🖻

서비스 전체보기

고교생을 살해한 콜롬보 조직원 유상철(34)은 피해자를 잔혹하게 죽인 후 인육을
먹었는가 하면 경찰에 잡히지 않았다면 사건과 관련해⋯
말하는 등 엽기적인 진⋯

🏠 ＞ 뉴스 ˅ ＞ 정치/사회

최악의 사이코패스 살인마 유상철의 심리분석

콜롬보파, 희대의 살인마 지존파를 떠올리다

6 경찰, 제
7 척추 견
8 與 정당

T ＋ － 🔗

콜롬보파 검찰 송치⋯ 경찰 '항의' 유족에게 발길질!

영화
어땠어요?

글쎄…
난 그냥
그랬어.

왜요?
전 재미있게
봤는데.

그게…
워낙 상상을
초월하는 괴물들을
직접 대하다 보니
영화는 현실성이
떨어져서
못 보겠더라고.
과장도 심하고.

아,
그건 그래요.

정말 상상 속에서나
등장할 법한
괴물들이 현실에서
활개를 치니,

범죄 영화나 소설이
맥을 못 추는
건지도 몰라요.

상상이 현실을
따라잡을 순
없으니 말이죠.

맞아. 가끔 비현실적일 정도로 잔혹한 현장을 접할 땐 대한민국 전체가 매트릭스처럼 단체로 악몽을 꾸는 건 아닌지 싶을 때가 있어.

어? 저도 가끔 그런 생각하는데.

그래?

도, 도둑이야!!

비켜!!

까악!

저놈 좀 잡아요! 백을 훔쳐갔어요!!

화악

!

경찰이다!
거기 서!

선배,
같이 가요!!

제10화 「범죄와의 전쟁」 끝

The 10th Episode.
"War against the crime"
END

**The Season 1
END**

작가의 말

신진우

한국 사회의 불편한 진실을 담아내는 묵직한 범죄 수사물을 만들고 싶다는
욕심에서 출발한 작품이 바로 『프릭』입니다.
만족감보다는 아쉬움이 많이 남는 작품이지만, 범죄 수사물이라는 장르에
도전했다는 사실 자체에 의의를 두고 싶습니다.
욕심 많은 스토리 작가 때문에 고생한 홍순식 작가님, 스투닷컴 연재 당시
아청법과 표절 의혹 등 어려운 상황에 처할 때마다
용기 잃지 말라며 자기 일처럼 애써준 투유드림의 유택근 대표님,
그리고 흔쾌히 지면을 내준 스투닷컴과 탑툰 관계자분들께
이 자리를 빌려 진심으로 감사의 말씀을 드립니다.

작가의 말

홍순식

프릭의 연재가 일단락된 지 3년이 지났습니다.
많은 분의 도움으로 온라인을 벗어나 책으로 나오는 이 상황이
신기하기만 합니다.
부모님께 감사드리고, 신진우 작가님과 어시스트 미진 씨
그리고 투유드림, 스투닷컴, 탑툰, 만화영상진흥원에도 감사드립니다.
그리고 독자분들에게도 감사의 말씀을 전합니다.

프릭 4

초판 1쇄 인쇄 2018년 9월 7일
초판 1쇄 발행 2018년 9월 20일

지은이 신진우 홍순식　　　　　　**펴낸곳** (주)해피북스투유
펴낸이 김문식 최민석　　　　　　**출판등록** 2016년 12월 12일 제2016-000343호
편집 강전훈 이수민 김현진　　　　**주소** 서울시 마포구 독막로 178-1, 5층 (구수동)
디자인 손현주　　　　　　　　　　**전화** 02)336-1203
편집디자인 홍순식 김대환　　　　**팩스** 02)336-1209

ISBN 979-11-88200-38-2 (04810)
　　　　979-11-88200-34-4 (세트)